藤江 啓子 著

資本主義から環境主義へ

――アメリカ文学を中心として

Frontier of Ecocriticism 6

英宝社

まえがき

本書『資本主義から環境主義へ──アメリカ文学を中心として』は、近代資本主義が環境破壊への道となり、環境主義へ移行していく軌跡を主にアメリカ文学に辿る。副題を「アメリカ文学を中心として」とするのは、アメリカ文学を主体に論じるが、イギリスのジョン・ミルトンとニュージーランドのイアン・ウェッドを含むからである。

一七世紀イギリスで起こったピューリタン革命は経済革命でもあり、それを機にそれまでの封建経済から資本主義経済へ移行した。イギリスで迫害を受け、新天地アメリカへ移住したピューリタンがもたらしたものは、ピューリタニズムという宗教であると同時に資本主義経済でもあった。さらに、一八世紀にイギリスで起こった産業革命もまた、一九世紀初頭にはアメリカに影響を及ぼした。利潤を優先し、工業化、都市化を促進するこうした変化は、土地の開拓、自然の資源としての利用、汚染など環境問題を顕在化させた。

封建的な土地所有を残存するイギリスと異なり、アメリカでは、平等な入手可能性を持つ広大な土地がヨーロッパからの移民を引き付けた。土地の耕作は土地やそこでの収穫物を商品化し、資本主義経済の発展を促進することとなった。また、工業化にともなう労働環境の問題、すなわち貧困、不衛生などが顕在化した。資本主義経済の搾取の対象となり、劣悪な環境に置かれるのは、女性や移民、その他マイノリティであった。環境問題は自然保護だけではなく、ジェンダーや人種問題でもあった。いわゆる環境正義の問題が派生した。

今日アメリカのグローバルな資本が世界を覆っている。本書は、今日のグローバリゼーションを先取りする諸問題を、すでに建国期から一九世紀にかけてのアメリカが有していたことを、古典作家に見る。そして、今日周縁の地、ニュージーランドで、アメリカを中心とする多国籍企業によるアルミニウム製錬所の誘致で、海への道が汚染され、先住民の海に根差した生活が脅かされていることを論じる章を最終章とする。また、本書はいわゆるネイチャーライターと呼ばれる作家はもちろんのこと、一般にはそのように考えられていない作家をも含め、複数の作家を以上のような概略のもとに論じることを特色とする。

第1章では、アメリカにおける環境主義や環境保護運動とその思想的根拠となる文学の関係を概説した。第2章では、ピューリタン革命と資本主義の勃興が時期を同じくしたことに着目し、両者の相互関係を論じたマックス・ウェーバーを手がかりにピューリタン文学の金字塔を打ち立てたジョン・ミルトンを分析した。さらに、環境的楽園回復を論じたキャロリン・マーチャントに言及した。第3章は古典アメリカ作家、クレヴクール、エマ・ラザルス、ホイットマンが多民族国家としてのアメリカの形成を描き、さらに今日的グローバリゼーションを先取りする想像力を有していたことを論じる。そしてヒト・モノ・カネのグローバルな動きのなかで、彼らが土地や自然との関係、すなわち環境意識を有し始めていたことを論じる。

第4章は、ローカルな詩人、都市詩人としてのホイットマンに着目し、悪化する都市環境を憂慮するホイットマン像を明らかにする。第5章、第6章は、レベッカ・ハーディング・デイヴィスとメルヴィルの作品における工場をとりまく環境についての分析を行う。第5章はデイヴィスの「製鉄工場の生活」を論じ、第6章は、メルヴィルの「乙女たちの地獄」を論じる。これらの作家の作品には移民や女性といった弱者が資本主義の搾取の対象となり、劣悪な環境に置かれていることが描かれる。

第7章はメルヴィルの「ピアザ」を論じる。景勝の地、アメリカ北東部田園地帯には貧しい女性が住む荒廃した風景が潜んでいることを、アメリカ的風景の特質として捉える。第8章は同じく景勝の地、ケープコッドについて論じる。ケープコッドを陸と海のエッジと捉え、そこでの文学的描写の伝統と変容の様を、ソローとロバート・フィンチの作品を比較考察することによって明らかにする。第9章は海の描写の変容に着目する。ロマンティックな瞑想の領域としての海から、より現実的で環境を意識したグローバルな共有地としての海への描写の変化を、ロングフェロー、メルヴィル、そして現代のニュージーランドの詩人イアン・ウェッドの作品に見る。

概して、近代化による産業資本主義の発達は環境の破壊をもたらし、その犠牲となるのは、マイノリティ、移民、女性といった弱者である。資本主義・産業主義は、一七世紀に世界の中心としてのイギリスに端を発し、今日、周縁の地、ニュージーランドの先住民の環境と生活を脅かす。本書はそのような世界的な動向を歴史的に捉えながら、アメリカ国内における諸問題を、アメリカ文学が環境主義の立場からいかに描いたかを複数の作家の作品に見た。

目次

資本主義から環境主義へ——アメリカ文学を中心として

第1章　アメリカの環境文学と環境主義・環境保護運動

はじめに

近年の環境問題の深刻化に伴い、アメリカでは環境保護をテーマにした著作活動が盛んになってきている。いわゆるネイチャーライティングと呼ばれ自然保護をテーマとした著作のジャンルが確立しているが、その他、都市を舞台にしたものや有毒物質の問題を取り上げたものもある。環境文学といっても、純粋に文学と言えるものもあれば、エッセイもある。また、クリエイティヴ・ノンフィクションといった創作とエッセイが一つになった作品も出現している。ここで筆者が環境文学というのは、そうした環境保護の立場にたった著作を包括する。またローレンス・ビュエル（**Lawrence Buell**）は大著『環境的想像力』（*The Environmental Imagination*）において、文字通り、このような著作を総称して環境的想像力と呼んだ。いずれにしても、それらの著作はしばしば環境主義の表現となり、また環境保護運動の思想的根拠となっている。

アメリカの環境保護運動は非常に盛んであり、一般市民による環境保護団体が数多くある。これらの団体は主に自然保護を目的としており、全米野生生物連盟、シエラ・クラブ、グリーンピース、全米オーデュボン協会、世界自然保護基金アメリカ委員会、自然管理委員会、ウィルダネス協会と、会員数が三〇万人を超えるものだけでも七つある。こうした全国規模の団体の他に、草の根運動と呼ばれる地域に根ざした市民運動も活発で、大小合わせての環境保護団体の会員数の合計は約一四〇〇万人と言われている。

本章はアメリカにおける環境主義や環境保護運動と環境文学の関係を歴史的に概観することを目的とする。

原点（エマソンとソロー）

アメリカで最初に自然保護の声をあげ、自然保護の基本思想を築いたのはラルフ・ウォルドー・エマソン（Ralph Waldo Emerson, 1803-1882）とヘンリー・デイヴィッド・ソロー（Henry David Thoreau,1817-1862）であるといっても過言ではない。当時のアメリカは西部開拓の時代であり、森林伐採は至上命令であった。開拓者にとって、自然は闘う対象であり、破壊し、切り開くべきものであった。バッファローを殺戮し、先住民であるインディアンを迫害し、開拓を続けることが、文明化であり、また神より与えられた使命であると考えられていた。「荒野への使命」「明白な神意」（マニフェスト・デスティニー）といった使命感に基づいた領土拡大のなかで、暗黒の原生林に光をあてることが文明化であり、善であると考えられていた。先住民であるインディアンは悪魔の子供と呼ばれ、彼らを迫害することは悪魔を退治することであり、野蛮人である彼らを撲滅することは文明化の推進であるとされていた。

こうした初期アメリカのピューリタン的信念に疑問を抱いたのが、エマソンとソローであった。二人ともハーバード大学を卒業した知識人であり、卒業後はボストンの西北約三〇キロのところにある人口約二〇〇〇のコンコード村で過ごした。そこは丘や湖、川、森、牧草地があり、時代をリードした超越主義（トランセンデンタリズム）と呼ばれる文学思想活動の中心地であった。超越主義という言葉は元来カント哲学に由来するもので、「直観を尊重し、・・・直観のほうに経験にまさるあらゆる権威を与えようとする傾向」(86) とエマソンは「超越論者」("The Transcendentalist") で定義している。また彼は一八三六年には『自然』(*Nature*) と題するエッセイを出版し、自然の偉大さと神秘性を詩的な美しい文章で語った。例えば次のような一節が有名である。

> 森のなかでも、人間は蛇が皮を脱ぐように自分の年令を脱ぎ捨て、たとえ人生のどの時期にいても、いつも子供だ。森のなかには永遠の若さがある。こうした神の植林地では、礼儀と高潔さが支配し、永久の祭りが開かれる。・・・はだかの大地に立ち――頭を快活な空気に洗われ無限の空間へともたげると、――あらゆる卑しい自己本位は消える。私は透明な眼球になる。私は無。私はすべてを見る。普遍者の流れが私のなかをめぐり、私は神の眼目だ。(6)

ここで語られるのは自己本位（エゴ）を放棄したときに達成できる完全な無の境地であり、また、人間と神と自然との一帯感である。エマソンは自らのそうした自然尊重の信念を実行に移し、一八四四年の秋にはコンコードから二、三キロ離れたウォールデン池（写真一）周辺の森を破壊か

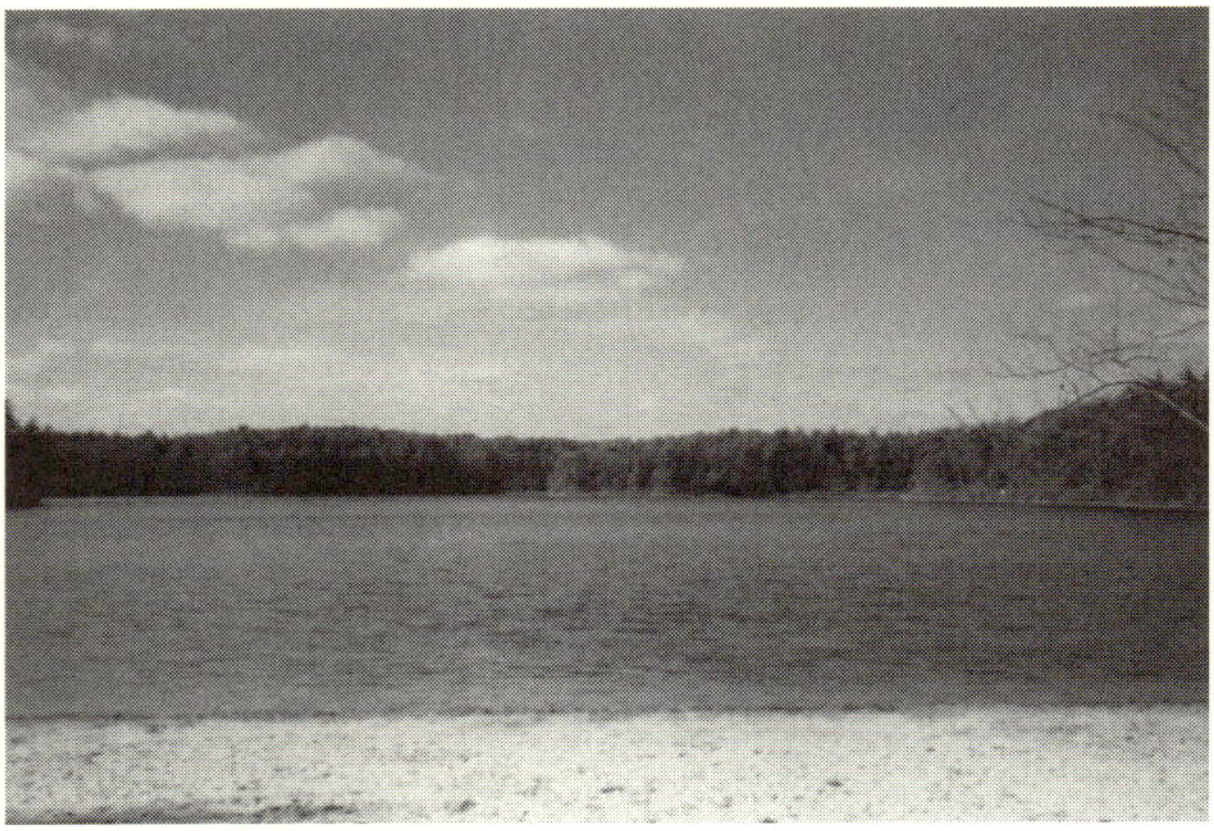

写真一　ウォールデン池　筆者撮影

ら守ろうと、その北岸の一部を購入している。

その土地を借りて、ウォールデン池のほとりに自らの手で小屋を建て、一八四五年七月四日、アメリカの独立記念日を期してそこに入居したのがエマソンの後輩であるソローであった。二年二ヶ月二日にわたるウォールデンの森での独居生活を記録したものが、『ウォールデン』（*Walden*）であり、一八五四年に出版されている。なかでも第一章の「経済」（"Economy"）は生活の簡素化の勧めであり、同時代のイギリスロマン派詩人、ウィリアム・ワーズワース（William Wordsworth, 1770-1850）が自然愛と共に、「簡素な生活と高邁な思想」を勧めたのに似ている。両者ともに、資本主義的物質文明の反面教師といえる。物を放棄し、根源的な自己を見つめようとする姿勢はエマソンとも共通しており、次のような一節によく表れている。

私が森へ行ったのは、思慮深く生活して人生の本質的な事実とだけ面と向かい合いたかったし、人生の教えることを学べないものかどうか見たかったし、死ぬときになって自分は生きなかったと思いた

写真二　ソローが森へ行った理由が書かれたプレート　筆者撮影

くなかったからだ。(100-01)

(写真二はこの箇所が記されたプレートで、ソローの小屋の跡地付近にある。)

ソローはまた市民運動家としても有名で、一市民として人頭税の支払いを拒否することによって政府に反抗した。人頭税とは投票資格として課せられる税金で、当時のマサチューセッツ州では二〇才以上のすべての男性に課せられていた。この税金の支払い拒否は、奴隷制を有し、メキシコ戦争を引き起こした政府への抗議のためであった。このため、ソローは投獄されることになる。しかし、投獄の夜、彼の叔母が独断で税金を払ったため、翌朝彼は釈放され、刑務所での生活はわずか一日で終わった。同じ税金でも地域の市民生活を維持するのに不可欠な税金、例えば公道税など

写真三　ソローの小屋のレプリカ　筆者撮影

は市民の義務としてきちんと支払っていたということである。こうした経緯を彼は「市民の反抗」（"Civil Disobedience"）と題するエッセイに記し、一八四九年に出版している。

この本は『ウォールデン』と共に、今日、環境保護運動をはじめとする様々な市民運動にたずさわる人々の間で読み継がれている。インド独立の父ガンジーは非暴力不服従運動を展開するにあたり、アメリカのマーティン・ルーサー・キング牧師は黒人運動を指導するにあたり、ソローの著作をバイブルとした。また、ベトナム反戦やヒッピーなど様々な抵抗運動・対抗文化の淵源ともなった。そして、八〇年代以降の世界的エコロジー運動の中で、ウォールデン池は環境保護運動のメッカとなっている。

ソローは「市民の反抗」において個人の良心がより高い道徳的法則として政府の法律や政策よりも尊重されるべきものであることを明ら

写真四　石で囲われたソローの小屋の跡地　筆者撮影

かにしている。『ウォールデン』でも、「より高い法則」（"Higher Laws"）と題する章で、精神生活をより次元の高いものとしている。しかし、同じ章で、肉体は神の神殿であるとし、肉体も神聖であると考えた。さらに、野蛮や野性の価値を認め、次のように述べている。

私が釣った魚に糸を通し、釣竿を引きずりながら、すっかり暗くなってしまった森を通り抜けて家へ帰っていたところ、一匹のウッドチャックがこっそり道をよこぎるのがちらりと見えた。そして奇妙な野蛮な喜びにぞくぞくするのを感じ、それを捕まえて生のままむさぼり食いたいという誘惑に駆られた。その時、空腹だったわけではないが、それが表わす野性に飢えていたのだった。もっとも、一度か二度、私が湖畔に住んでいた時、餓死しかかった猟犬のように、森をさまよい、奇妙に自暴自棄となり、がつがつ食えるような何か獣の肉を求めたが、あの時だったら、どんな肉も私にとって野蛮すぎて食えないということはなかっただろう。どんなに野性的な光景も私にはどういうわけか親しみ深くなっていた。当時も今もなお、私はたいていの人と同じように、自分の中により高い、あるいは精神的な生活とでも言ってよいものへの本能と、原始的で野卑な本能を持っているが、私はその両方を崇敬している。私は善と同様に野性を愛する。(232)

ソローは「市民」という文明的な人間生活を志向しながらも、野性の自然が人間に与える本能的な蘇生力と自然の摂理に従って生きることをより高い法則として認識するのである。文明と野蛮の相互照射のなかで、あくまで清貧生活を実行するソローは住居についても次のように述べる。

もし文明人の営みが未開人の営みよりも価値があるわけではなく、もし文明人が人生の大部分を単に生活必需品と快適品を得るのに費やすのであれば、なぜ文明人は未開人よりもよい住居に住まなければならないのだろうか。(37)

実際、彼の住んだ小屋は実に簡素なものであった（写真三）。現在残っているものは、レプリカであり、実際の小屋は別のところにあった。レプリカがウォールデン池を望む小高い所にあるのに対し、実際の小屋は池のすぐそばにあった。写真四はその跡である。アメリカの環境主義の原点ともいえるエマソンとソローは、自己本位な物質文明に対して疑問を抱き、自然との共生のなかで根源的自我を見つめ直したといえるのである。

ミューアとレオポルド

エマソンやソローの主張は当時、東部の知識人にしか通用しなかったが、広くアメリカ国民にエッセイが読まれたのは、次の世代のジョン・ミューア（John Muir, 1838-1914）であった。彼は自然保護の父と呼ばれ、自然を守り、自然の美しさや尊さを伝えることに生涯を捧げた。ウィスコンシン大学を中退した後、カリフォルニアのヨセミテ渓谷に入り、シエラ・ネバダの山々を歩き、雑誌にシエラ・ネバダの美しさや素晴らしさを伝えるエッセイを投稿し、世に知られるようになった。また、カリフォルニアの原住民やアラスカのエスキモーと交わるなど、自然、あるいは自然とともに暮らす原住民との調和ある関係を求めた。

このように自ら自然のなかに身を置くとともに、彼は環境保護運動にも力を注いだ。環境保護団体、シエラ・クラブを一八九二年に創設し、初代会長に就任し、死ぬまで会長を務めている。シエラ・クラブはその後発展し、現在では全米でも屈指の環境保護団体となっている。また、彼を中心としたロビー活動によって、それまでカリフォルニアの州立公園であったヨセミテ渓谷が、一八九〇年に国立公園に指定された。

国立公園といえば、それに先立ち一八七一年に第一八代大統領グラントが「イエローストーン国立公園法」に署名し、世界で始めての国立公園が誕生していた。また東部ではニューヨークにフレデリック・ロウ・オルムステッドの設計によりセントラル・パークが一八六一年に出来た。セントラル・パークはその後アメリカ各地に出来た都市公園のモデルとなったほか、国立公園の利用面での設計の手本となった。功利主義・物質主義的傾向が優勢なアメリカではあるが、自然保護に本格的にのりだしたのもアメリカであったといえよう。

ミューアの具体的活動として有名なのは、ダム建設をめぐってのギフォード・ピンショー（Gifford Pinchot, 1865-1946）との論争である。一九〇八年、サンフランシスコ市が水不足解消のためヨセミテ国立公園内のヘッチヘッチ渓谷にダムを建設するという計画を発表したが、ミューアは自然保護の立場から大反対の運動を起こす。これに対し、「アメリカ森林学の祖」といわれるピンショーは、自然は有効利用すべきであるという立場に立ち、ダム建設促進を訴えた。二人の論争は全国規模に広がったが、結果はピンショー側、ダム建設促進派が勝利を収めた。しかし、この後、アメリカの国立公園にはダムが一つもできなくなったことを考えると、ミューアの功績は大きいと言えよう。

ミューアは自然を神の神殿と考え、ダム建設は神殿破壊とみなした。著作においても、自然賛美と信仰のむすびつきが描かれている。代表作『はじめてのシエラの夏』（*My First Summer in the Sierra*, 1911）では次のような一節がある。

> どんなに自然とはかけ離れている人でも、おそらく気づいている以上に自然から守られているのだ。すべての原生自然は、私たちを神の光に導いてくれる秘訣と意図に満ちているようだ。（298）

それは魂の喜びだけではなく、五感を解き放ったときに得られる感覚的、肉体的、かつ感情的な喜びでもある。山岳地帯で体験した周囲の野生美との一体感からくる喜びの熱は、次のような一節に良く表れている。

このシャンパンのような水を飲むのは純粋な喜びであり、新鮮な空気を吸うのも手足の一つ一つの動きも喜びである。体全体は、キャンプファイアや太陽の光を感じるのと同じように、美にさらされると美を感じる。美は目からだけではなく、同様に放射熱のように肉体全体を通して入ってくるのであり、情熱的で恍惚とした喜びは説明出来ないほどである。(228)

他方、彼は科学的調査を日々実践するという訓練も始め、ついには全体主義的な理解のなかで、自然と対峙する自己を見出す。グランド・ノース・ウームのクラーク・グレーシャ山において、彼は次のように自己の姿を描き出している。

氷、水、鉱物、植物、動物の流れの中で、傾向は統一化にある。我々は永遠、無限の中に自己を直ちに見出すが、根源的な大義や起源の崇高な単純さのなかで、幸福でいるべきか、あるいは我々が完全で根本的な絶対的な単位だと考えた美しい断片を失って悲しむべきかわからない。しかし我々が研究し自然と交わるほど、すべての美が一つの原初の美に融けることによって起こる苦痛は消える。なぜならば、水源の神によって最初に洗礼を受けた後に、すべての美は再び洗われきれいな個体となる。以前よりもずっと明確で統一されてはいるが分離している。(Wolf 79-80)

この一節はエマソンやソローの自然を前にしての根源的な自己との対峙、あるいは無我の境地と共通するものであり、仏教思想や東洋の神秘主義に類似するものとも思われる。トマス・J・ライアン（Thomas J. Lyon）も「この一節は『無門関』を通過するという伝説的な禅・仏教の話と神秘的な類似がある」（59）と指摘する。具体的な環境保護運動は自然を前にしての深い自己探求の思想に支えられていたのである。またそれは魂と感情と肉体が自然の複雑さと調和し一体化しようとする試練であり、その後にいたる境地である。

自然と人間との関係を深く真摯に見つめ、環境保全の仕事に従事しながら環境倫理について問題提起をしたのが、アルド・レオポルド（Aldo Leopold, 1887-1948）であった。彼はイエール大学の森林管理学部を卒業後、一九〇九年、合衆国森林管理局の森林警備隊員としての職についた。一九三三年にはウィスコンシン大学に狩猟鳥獣管理学の教授として迎えられた。一九三五年にはロバート・マーシャルと共に、市民団体「ウィルダネス協会」を設立する。後に、この団体の活動の成果として、一九六四年にはウィルダネス・アクト（原生自然法）が制定されている。

彼は森林局時代から原生自然の保全を唱え、人間は自然の一部であり、土地は商品ではなく、自らも所属する共同体であることを説いた。こうした思想を著したのが『砂の国の歳時記』（*A Sand County Almanac*）で、彼の死後、一九四九年に出版されている。そのなかで、レオポルドは土地倫理を次のように定義する。

土地倫理は単に共同体の概念の限界を広げ、土壌、水、植物、動物、あるいは総合的に土地を含むようにすることだ。要するに、土地倫理はホモ・サピエンスの役割を土地共同体の征服者から、その単

なる一成員、そして一市民に変える。それは仲間の成員への尊敬と共同体自体への尊敬を含意する。（204）

また、「人間にとって経済的利益があるかないかにかかわらず、鳥は生物の権利の問題として存続する権利がある」（211）と述べる。経済優先主義を批判し、共同体を個体に優先させる全体主義（holism）の立場に立つレオポルドの主張は次の「展望」に要約されている。「物事は、それが生物共同体の健全、安定、美を保つ傾向にある時は正しい。そうでなければ間違っている。」（349）そしてこの「展望」は今日の生物（生命）中心的な考え方の源泉となり、様々な環境問題へのアプローチとなっている。

以上のように、今日への展望を示したレオポルドであるが、彼はまた、ソローやミューアの伝統を引き、古典と現代の橋渡し的な役割をも果たした。「山の身になって考える」（"Thinking Like a Mountain"）がその例である。オオカミはシカの天敵であったため、ハンターたちはシカを守るためにオオカミを撃退し、その数を減らすことが良いと考えた。だが、その結果、シカは一時的に増えたが、今度は餌が足りなくなり、餓死し始めた。オオカミが沢山いたころよりも、シカの数が減ってしまったのである。このことは生態系のバランスの重要性を示すと共に、銃弾に倒れたオオカミの目の「緑の炎」にあらわされる野性に対する賛美を示している。

私たちが老いたオオカミに近寄ると、獰猛な緑の炎が両方の目から消えかかっているのが見えた。私はその時に悟り、またその時以来、理解していることなのだが、あの目には私には何か新しいもの――あのオオカミと山だけにわかる何かがあるのだ。当時私は若く、引き金を引きたくてたまらなかったのだ。オオカミが減ればシカが増えることを意味するのだから、オオカミがいなければハンターの天国になると思っていた。しかし、あの緑の炎が消えるのを見て以来、私はオオカミも山もそのような考え方に同意しないと感じ取った。(130)

この例はビュエルも指摘するように、現代となっては「ボーイ・スカウト的なナイーブな自然観」(*Endangered World* 107) にすぎないかもしれないが、ソローの「より高い法則」の系譜をひくものであり、先祖返り的要素と現代的要素を併せ持つ過渡期的な存在としてのレオポルドの役割の大きさを示すものである。

現　代

アメリカの自然保護運動に公害反対運動や生物(生命)中心主義を大きく視野にとりいれ、環境保護運動に現代的な展開を果たしたのがレイチェル・カーソン(Rachel Carson, 1907-64) であった。彼女は海洋学者であり作家であった。ペンシルヴァニア女子大学(現在のチャタム大学)文学部に入学し、最初は作家を志していたが、後に生物学科に転部している。その後、ウッズホールとボーフォートの海洋生物研究所などで研究を続け、商務省漁業水産局に職を得ている。作家としては、『潮風の下で』(*Under the Sea Wind*, 1941)『われらをめぐる海』(*The Sea Around Us*,1951)、『海辺』（*The Edge of the Sea*, 1955）、『沈黙の春』（*Silent Spring*, 1962）、『センス・オブ・ワンダー』（*The Sense of Wonder*, 1965）などの作品を生み出し、いずれもベストセラーとなった。

『沈黙の春』ではＤＤＴなどの殺虫剤をはじめとする科学物質による環境汚染、生態系の破壊に警鐘を鳴らした。そして、このままではやがて鳥の鳴き声が響き渡らない、春がきても自然が沈黙する禍が現実となっておそいかかる日がくることを予告した。また、水中に毒が入れば、食物連鎖の輪から輪へと渡り動いていく毒の連鎖についても、次のように警告している。「この毒の連鎖は微小な植物にはじまっているように思える。そこに最初の毒が蓄積されたにちがいない。しかし、この植物連鎖の終点である人間はこうした連鎖を恐らく知らないで、釣具を支度し、クリア湖から魚を釣り上げて家へ帰り夕食のフライにする」（48-49）。人間を含めての自然界の「相互依存の網の目」の重要性を説き、「土壌の共同体」についても、「さまざまな生物が織り合わせる網の目の糸のなかで、それぞれがなんらかの形で他のものと関係している」（74）と述べる。

ノルウェーの哲学者であり活動家でもあるアーネ・ネス（Arne Naess）は、一九七三年の論文でディープ・エコロジー（deep ecology）とシャロウ・エコロジー（shallow ecology）という二つの見方を提唱した。デヴァル（Devall）の解説によると、シャロウ・エコロジーは「環境汚染と資源枯渇に対する戦いであり、その中心目標は先進国の人々の健康と豊かさにある」（52）と定義される。それに対し、ディープ・エコロジーは「自然の内に存在する人間としての経験や生態学の知識に影響を受け、強化された、規範上ないし生態系哲学（ecophilosophy）上の運動」（52）と定義される。ディープ・エコロジー思想のなかで、特徴的なのは「生態系を中心とする同一化」、「生命中心主義」、「生態系中心主義」であり人間は「生命の網（web of life）」の一部とする。ネスはカーソンの『沈黙の春』がディープ・エコロジーをあらわしているとして、次のように述べる。

> レイチェル・カーソンの強い動機は、ディープ・エコロジーに基づいていた。これは、彼女が自分自身や人間存在、そして世界をいかに直観的に考えていたかということと関連していた。要するに、宗教的動機と哲学的動機が結びついているのである。彼女は、現在我々がしているようなやり方で被造物、すなわち神の創造物を扱うことは出来ないし、それは我々自身にとっても決して良いものではないと述べている。彼女の自我は広く、深い。彼女の主な動機は宗教的、哲学的であり、狭い功利主義ではなかった。（Devall 52）

人間を含めての自然界の「相互依存の網の目」は、人間中心主義に対する現代の環境中心主義批評の倫理的な力の中心であるが、カーソンこそ、そうしたディープ・エコロジーの担い手であったといえる。

また、カーソンは化学薬品による汚染が核兵器による破壊と同等の危機を人類にもたらすとし、冷戦時代における核の脅威と農業技術の進歩への懐疑を同一視した。核戦争と環境汚染によって人類は終末を迎えるとする、終末論的言説、すなわちエコロジカル・アポカリプス的要素を強調した。「相互依存の網の目」は生命の網の目から死の網の目へと変貌し、核兵器と共に人類を滅亡へと追いやるのである。

ビュエルも『沈黙の春』は「エコロジカル・アポカリプスの文学」の始まりであり、そして「一九六〇年代に始まる急進的な環境的直接行動主義を鼓舞するのに重要な役割を果たした」(*Imagination* 285) と指摘する。なるほどこの本はアメリカの環境運動と環境政策に大きな影響を与え、一九七〇年のアース・デーの発端となった。また、同年、連邦政府に環境保護局が設立された。一九七一年には「グリーンピース」がカナダのバンクーバーでアメリカのアリューシャン列島での核実験に反対する運動体として設立されている。

ディープ・エコロジーの思想を急進的な環境主義の直接的運動と結びつけて創作活動を行ったのが、エドワード・アビー（Edward Abbey, 1927-89）である。アビーは一九五〇年代ユタ州南東部にあるアーチズ国立記念物公園でレンジャー（森林監視員）として働いた。代表作『砂の楽園』(*Desert Solitaire: A Season in the Wilderness*, 1968）はその経験をもとに書かれたノンフィクションである。アビーはこの砂漠の地では彼自身を含めてすべてのものが相互依存の網の目のなかで、一つの生態系を構成していることを知り、「地上のすべての生物はすべて兄弟である」(24) とこの作品で語る。

アビーはまた、近代産業社会に対する批判及び生命中心主義的ディープ・エコロジーの思想が急進的な環境主義の運動として表れていることを、『モンキーレンチギャング』(*The Monkey Wrench Gang*, 1975) という作品に描いている。急進的な環境主義の運動とは、モンキーレンチング、エコタージュ（エコロジー＋サボタージュ）、座り込み、ゲリラ、デモといった直接行動を戦術とする運動形態である。モンキーレンチング（抗議として破壊・妨害する）という言葉はこの小説を起源に生まれた。そしてこの小説が大きな影響を及ぼして出来た急進的な環境運動を行う団体がアース・ファーストであり、一九八〇年に創設されている。

アビー自身、一九八一年にアース・ファーストのメンバーと共に、グレン・キャニオン・ダムにモンキーレンチングを行った。黒いプラスティク・シートをダムの壁面に垂らしてダムにひびを入れたように、それによって川が解き放たれたかのように見せかける運動であった。その他急進的な環境主義の直接的な運動には森林伐採設備や石油探査設備に対する妨害行為がある。

こうした巨大資本による開発に反対し、私有財産を犯す行為は、しばしばテロリズムとして受け取られた。それに対してアビーは、一九八四年のインタビューで次のように語っている。

> 私はサボタージュとテロリズムをはっきりと区別しようとしてきた。私の「モンキー・レンチャー」は、サボタージュをする人であり、テロリストではない。サボタージュとは無生物、すなわち機械や財産に対する暴力である。テロリズムは人間に対する暴力である。普通、テロリズムは軍隊と国家によって行われているが、無法の個人と呼んでよいような人びとによっておこなわれる場合もあり、どちらの場合についても、私はテロリズムには絶対に反対する。(18)

アビーの思想は確かに過激な行動を生み出したが、それは人間には危害を加えないという大きな原則のもとであった。

アース・ファーストの指導者デイブ・フォアマン(Dave Foreman)は「アメリカの初期の自然保護運動は支配階級の子供であった」(Nash 190に引用)と書いているが、なるほど初期の自然環境保護運動は教養ある中流階級以上の白人の手によって推進されてきた。だが、自然というもの言わぬ弱者の権利の保護、そして自然の解放の思想と運動は、当然、労働者階級、民族的マイノリティ、女性といった弱者の権利の保護と彼らの解放の思想と運動と結びついた。そして彼らもまた草の根レベルで運動するようになり、最近では「環境人種差別」や「環境正義」という言葉が環境運動や環境政策のキーワードになってきている。

白人以外の少数民族や低所得層は、環境問題においても差別され、ゴミ処理や公衆衛生、産業公害や自動車排気ガス等の面で劣悪な環境に置かれている。大規模な有害廃棄物の処理場は、アフリカ系、ヒスパニック系、先住民の居住地に立地される傾向があったり、ウラン開発ではウラン鉱山の多くが先住民保留地に存在していたので、鉱山労働者として先住民が多く雇用されたりした。放射性廃棄物の規制が十分でなかった時代には、居住地での被爆も多く、現在でもナバホ族の癌の発生率は全国平均の一七倍もあるという。

こうした「環境人種差別」を是正する理念を「環境正義」と呼んでいる。この運動は一九六〇年代の公民権運動の発展したものとして、とりわけ一九八〇年以降、盛んになってきている。草の根レベルの運動は「自分の近所だけは困る（not in my back yard）」いわゆるNIMBY主義として、地域エゴ的な浅いエコロジーとして批判される面もあるが、公衆衛生をはじめ、全体の福祉に建設的な貢献をしていることも確かである。そして、地域エゴを超えた「だれの近所でも困る（not in anyone's back yard）」というNIABY主義にもとづく、視野の広がりを見せている。

環境正義運動は、民族的マイノリティ作家たちによる都市のスラム街の描写に例をとることが出来る。アフリカ系アメリカ人作家ジョン・ワイドマン（John Wideman, 1941-）は、幼少時代を過ごしたピッツバーグのホームウッド（Homewood）地区への帰還をホームウッド三部作に描く。実人生において、ワイドマンは弟ロビー（Roby）が殺人を犯し終身刑になるという家庭の悲劇の十字架を背負うが、そうした家庭の悲劇や幼少の記憶をもとに、作品は生み出されている。

そのうちの一つ、『隠れ場所』（*Hiding Place*, 1981）では、家族の元祖であるサイベラ・オウエンズ(Sybela Owens)が奴隷の身を逃れて住み着いたホームウッドが、今では孫のベスが住み、犯罪を犯したトミーが身を隠す場所として描かれている。文字通り、麻薬、貧困、暴力、犯罪の巣としての都市のゲットーである。そこは腐敗した場所ではあるが、服役中のトミーは、独房の中でホームウッドの街路を次のように夢見る。

> 彼は心の中に街路を描いた。もっとも街路は壊れたガラスが散らばり、亀裂が走り、ゴミが縁石のところで積み重なり、空っぽの窓の上の柵、そして窓の上の鉄の獄舎、そしていまだ煙の臭いのする黒い石、ある暑い八月の夜に通りを焼き払おうとしたあとには、死んだアル中や死んだ消防士のにおいが空き地で臭ったけれども。小さな血まみれの彼の肉体の破片を街路にばらまいたままであったが、彼は夢をみた。独房の暗闇の中での凍った店頭、凍った顔、そして凍った音楽。（113-14）

それは、一旦は乱用され、軽視され、嫌悪された場所の記憶の中での回復である。環境正義の運動を行うには、それ以上のものが必要とされるであろうが、そうした想像力上の回復がなければいかなる場所も取り戻すことは不可能である。ワイドマン自身、都市のゲットーを嫌悪し、ワイオミングの自然にあこがれ、ワイオミング大学でクリエイティブ・ライティングの教授職についた。初期の作品においては、都市のゲットーを抜け出しアイビー・リーグの大学へ奨学金を獲得して進学する成功物語を描いたりした。しかし、彼の心には払拭し難いゲットーへの愛着があったように思われる。

最後に女性の解放と自然の解放の関連について考察してみよう。自然破壊や自然の資源搾取と女性に対する抑圧の類似性から、環境主義とフェミニズムは相互の支えとなって結びつき、エコフェミニズムと呼ばれる主義主張を生み出した。この類似の中心にあるものは、「女性的で慈しみ深く受動的な存在としての自然環境のイメージである」(144) とロデリック・ナッシュ (Roderick F. Nash) も指摘する。

こうしたエコフェミニズム的視点を持った作品としてテリー・テンペスト・ウィリアムス（Terry Tempest Williams, 1955-）の『鳥と砂漠と湖と』（*Refuge: An Unnatural History of Family and Place*, 1991) がある。原題の「*Refuge*（レフュージ）」は「鳥獣保護区」という意味であるが、邦訳はこの題で出版されている。またウィリアムス自身、この作品をクリエイティヴ・ノンフィクションと呼び、独自のジャンル性を打ち出している。作品の語り手「私」はウィリアムス自身を重ねた想像上の人物と考えられる。その「私」の住むユタ州ソルトレイクシティはモルモン教の聖地、渡り鳥の飛来地、そしてネヴァダ核実験場の風下地域である。ところがその郊外にあるグレイトソルトレイクが異常増水し、河畔の湿原ベア川鳥獣保護区が浸水し始めるのと時期を同じくして、母の乳がんが再発する。「私」にとっては、二重の意味での喪失の危機が訪れるのである。

この作品は、核実験場の立ち入り禁止区域に抗議デモをする政治的主張であると同時に、湖の水をポンプで砂漠に汲みだそうとするモルモニズムと州政府の不自然な父権的体質への抗議でもある。「私」は湖と女性としての自身を同一視し、次のように述べる。

私は湖を飼いならされることを拒否する女性、すなわち私自身として見てみたい。ユタ州は彼女に溝を設けて排水し、水を迂回させ、岸辺に道路を建設しようとするかもしれないが、結局は問題ではない。彼女は生き残るだろう。私は彼女を粗野で自らが定義した荒野だと認める。グレイトソルトレイクは私からもくろみと調和を奪い、「私はあなたが見ているものとはちがう。私に疑義を唱えよ。あなた自身の印象にたよりなさい」と言う。(92)

また第一章では「女性の身体と地球の身体は採掘されてきた」(10) とし、土地に加えられる開発の暴力と女性への暴力が同一視されている。以上のように、自然の解放はアフリカ系アメリカ人や女性といった弱者や他者への共感とその解放と結びついて、生命中心主義の思想と共に民主主義的世界観を提示していると言える。

おわりに

アメリカの環境文学と環境主義・環境保護運動について歴史的に概観してきた。アメリカの環境主義は人間中心主義から生命中心主義へ向かい、自然の解放は女性や民族的マイノリティの解放とも結びつき、民主主義の理念を実現に向けて進んでいる。アメリカの環境主義と環境保護運動は、アメリカの前提である民主主義を実現すべく、その思想的、哲学的根拠としての環境的想像力・文学をバック・ボーンとして今後も展開していくと思われる。

第2章　資本主義・キリスト教・エコロジー
――ミルトンと楽園回復ナラティヴ――

はじめに

エコロジーと資本主義、そしてキリスト教、とりわけピューリタニズム（プロテスタンティズム）は密接な関係がある。本章はこの三つの関係を解き明かすことにある。イギリスにおいて近代資本主義の勃興とピューリタン革命が時を同じくしたことは周知の事実である。一七世紀のイギリスにおけるピューリタン革命は宗教革命であるのみならず、政治革命そして経済革命でもあった。ピューリタニズム、即ち宗教という非世俗的な事柄と、資本主義的営利生活という世俗的な事柄とが、深く相互に関係していたのである。「一方では、非世俗的、禁欲的で教会の信仰に熱心であるという事と、他方では、資本主義的営利生活に携わるという事とは対立するように思われるが、むしろ逆に、親密に関係すると考えるべきではないだろうか」(42)とマックス・ウェーバー(Max Weber)『プロテスタンティズムの倫理と資本主義の精神』（*The Protestant Ethic and the Spirit of Capitalism*）においても述べる。本章は、ピューリタニズムと資本主義の関連を、イギリスの生んだ代表的ピューリタン作家ジョン・ミルトン（John Milton, 1608-74）の作品分析を通して論じる。

さらに、キャロリン・マーチャント（Carolyn Merchant）の『エデンの再創造――西洋文化における自然の運命』（*Reinventing Eden: The Fate of Nature in Western Culture*）に依拠しながら、キリスト教文化の視点から自然と楽園回復について考察する。

ピューリタン革命と資本主義の勃興

◆ピューリタン的美徳と経済的美徳

一七世紀のイギリスにおけるピューリタン革命は、イギリス国教会に対する宗教的反乱に終わらず、政治的にそして経済的に大きな意味を持つ。一六四九年のチャールズ一世の処刑から一六六〇年の王政復古まで共和制は一一年しか続かなかったが、国王は王権神授説に基づく絶対的な支配権を失い、「支配すれど、統治せず」の制度が確立された。国王と貴族に取って代わり、ブルジョワ中産階級が力を持ち始めたのである。ピューリタン革命を分岐点として、イギリスは封建社会から資本主義に基づく近代社会への移行をみたといえよう。

中世において教会と国家は深く結びついており、教会は世俗社会に大きな影響力を持っていた。エリザベス一世の後継者であるジェイムズ一世は王権神授説のもと、「主教なくして国王なし」を叫び、ピューリタンの反感をかった。一六四九年にチャールズ一世は処刑され、共和制がひかれた。ピューリタン革命の後、教会と国家は分離し、その関係は逆転した。R・H・トーニー（Tawney）は『宗教と資本主義の勃興』（*Religion and the Rise of Capitalism*）において、時代の趨勢を次のように述べる。

革命の結果、教会と国家の間の以前の関係はほとんど逆転した。中世においては、少なくとも理論においては、教会は公私の道徳に絶対的な権力を持っており、国家はその命令を遂行する警察だった。一六世紀において、教会は国家の教会部門となり、宗教は世俗社会政策に道徳的制裁を貸し与えるために利用された。（165）

英国国教会の奢侈と腐敗を攻撃したピューリタン運動は、宗教や理念の領域にとどまらず、時代の経済や政治的動向と深く結びついていたのである。

ローマ・カトリック教会を最初に批判したのは、ドイツのルッターとスイスのカルヴァンであった。彼らの教義は詳細においては異なるものであったが、教皇制度を否定し、神の意志の絶対的な力を説く点では一致していた。すべての人間は神の下、平等であり、魂の救済は教会への義務を通してではなく、信仰によってのみ成し遂げられるものとする。トーニーも「神の恩寵のみが、魂を救うことが出来、この恩寵こそ、この世の組織に仲介されない、神の直接の賜物である」（227-28）と述べる。神を前にしての個人の良心を通してのみ神に届くことが可能なのである。個人は神との仲介に牧師や教会を必要とせず、教会組織は権威を持つべきではないと主張する。

ルッターもカルヴァンも教会の虚飾と奢侈を攻撃し、節約、勤勉、節制、質素の徳を奨励した。しかし、こうしたキリスト教的美徳は、中産階級が経済的成功のために必要としたものであった。

節約、勤勉、節制、質素は長い目で見れば、報われるものである。「清められ、規律化され、経済的成功が必要とする性質――節約、勤勉、節制、質素――は結局のところ、少なくともキリスト教的美徳の礎であったというのは、ありえることではなかったか」(110)とトーニーは問う。さらに、「物質の世界と霊の世界に大きく開く隔たりは、暗闇の王国として物質的利益を避けるのではなく、物質的利益を神に捧げることによって橋を渡すことが出来るとは考えられなかったか」(110)と述べる。教会の虚飾と奢侈を攻撃したピューリタン的美徳が、皮肉にも、物質的利益の自由な追求に必要不可欠であったのである。

トーニーが指摘するように、物質の世界と精神の世界、あるいは非世俗(聖)と世俗(俗)は、物質的利益を神の栄光に捧げることによって、その隔たりを埋めることが出来たのである。ウェーバーも「世俗内的義務の遂行が神に喜ばれる唯一の道であり、これが、そしてこれのみが神の意志であり、したがって、正当な職業はすべて神の前ではまったく等しい価値をもつ」(112)と指摘する。また、「来世を目指しつつ世俗の内部でおこなわれる生活の合理化こそが、禁欲的プロテスタンティズムの職業観念の帰結だったのである」(163)と、禁欲的なプロテスタンティズムの倫理が資本主義的営利生活の支柱となったことを主張する。ピューリタニズムは、イギリスにおいて台頭するブルジョワ中産階級が利益追求を正当化かつ神聖化するための格好の宗教であったといえよう。強欲や貪欲が資本主義の精神なら、節約、節制といった禁欲もまた資本主義の精神であるという大きな矛盾のなかで近代化は始まった。

◆個人主義

ピューリタン的美徳だけではなく、ピューリタニズムの個人主義的側面も中産階級の個人主義に基づく経済活動に適合した。トーニーはピューリタニズムにおける個人主義の重要性を次のように述べる。

個人の魂への神の啓示がすべての宗教の中心ではあるが、ピューリタン神学の本質はそれを中心であるばかりでなく、すべての周辺と実体とし、この密かで孤独な交わり以外のものは皆くずとくだらぬものとして退けた。（227）

地上のいかなる教会組織や牧師の仲介をも必要とせず、個人の魂が神と直接に交わることを重視するピューリタン的個人主義は、教会の道徳的監視と封建経済のくびきから個人を解放し、資本家が自由な利益追求を行うには都合のよいものであった。

エリザベス女王の時代は、織物業、鉱業、外国貿易や産業が発達し、囲い込み運動が毛織物工業や穀物産業の発展を促進した。工業の発展に伴い、金融市場も活発化した。小作人と主人の間で貸し借りが一般になり、当然のことながら高利貸しが社会問題となった。強欲な自己利益を追求する資本主義は、中世の封建的教会制度の禁欲的傾向とはそぐわなかった。強欲は七つの大罪の一つであることからもわかるように罪であり、高利貸しは中世のキリスト教徒には禁じられていた。台頭する中産階級が、独裁君主制度の打倒と教会と国家の分離を望んだのも当然であった。

封建制度の組織的社会は、中産階級の利益追求の阻害となった。そこで彼ら中産階級は個人の自由を主張し、一握りの貴族の支配下にあった封建制度の軛から自らを解放しようとした。一六〇四年の『コモンズ・ジャーナル』(*Commons Journals*) において、ある下院議員は、「商品は他の何よりも主要で貴重であり、また他のすべてのものよりも重要であるから、それを少数の人間の手で握りしめることはイギリス臣民の自然権と自由に反する」(Tawney 179 に引用) と述べる。これは後に、カール・マルクスがブルジョワジーとプロレタリアートの関係について述べた唯物論にもとづく富の分配についての議論と趣旨を同じくするものである。ピューリタン革命は貴族階級と中産階級という利害の対立する階級間の闘争であり、そこに近代的な個人の所有権の確立を見ることが出来る。

また、この頃イギリスは経済の発展にともない、科学の振興を見た。実業家は、貿易収支、関税、利率、通貨等、経済上の計算のために数学や物理学に興味を示した。その目的は、「数や重量、尺度で表現し、感覚の議論のみを用い、自然界において目に見える基礎を持つ大義のみを考え、特定の人々の変わりやすい心や意見、嗜好や情熱は他人が考慮すべき問題とした」(Tawney 250 に引用) とウィリアム・ペッティ (William Petty) は『政治学的計算』(*Political Arithmetic*) で述べる。ここにおいて、中産階級は、超自然的な不可視の神の存在を全く忘れてしまったかのようにも思われる。「一七世紀までに重大な革命が起こった。『自然』は神の定めではなく、人間の欲求を意味するようになり、自然権は自己の利益を自由に追求する理由として時代の個人によって引き合いに出された」(179-80) とトーニーも述べる。

個人の所有権の確立や自然界における人間の欲求の充足を求める中産階級にとって、教会の権威を介在せず、直接に個人の魂と神とのつながりを重んじるピューリタニズムは、都合のよい宗教であった。また、世俗内での人間的な欲望を満たそうとする経済活動が、非世俗的な宗教活動と同じ潮流に乗ったのは、時代のクリスチャン・ヒューマニズムの精神に沿うものだったとも言える。非世俗と世俗、神の道と人間の道の乖離と融合のディレンマのうちにピューリタン革命と経済革命は同時進行したのである。

散文と『リシダス』『コウマス』

◆革命家ミルトン

以上の時代の趨勢をふまえ、代表的ピューリタン作家ジョン・ミルトンの諸作品が、いかに資本主義の勃興と関わっていたかを検証してみたい。ミルトンは一七世紀のイギリスを代表する詩人であったばかりでなく、革命家でもあった。古く伝統的なイギリス社会を否定し、新しい社会を創り上げるのに、散文、韻文ともに多くの作品を書くことによって貢献した。

彼の革命家としての立場は、『アレオパジティカ』（*Areopagitica*, 1644）において、「真実は聖書において流れる泉にたとえられている。もし、その水がたえざる進行のなかで流れないのなら、水は順応と伝統のぬかるみに溜まる」（739）と述べるとき明らかとなる。『アレオパジティカ』においては言論・出版の自由が主張されている。

『イギリス国民の第二の擁護』（*The Second Defense of the People of England*,1652）においては、宗教、政治、家庭面における自由の必要が述べられ、「社会生活の幸福に必要不可欠な三つの種類の自由がある——宗教、家庭、そして市民の自由である」と書かれている。宗教面では、『高位聖職者制度に反対する教会施政の理由』（*The Reason of Church Government Urged Against Prelaty*, 1642）において、タイトルからも明らかなように、イギリス国教会の高位聖職者制度が批判されている。第五章の結論、「聖書における神の命令は、疑いもなく教会施政の第一のそして最大の理由でなければならないが、高位聖職者を必要としない」（655）においては、彼の教会施政のありかたに対する基本的な考えが示されている。

ミルトンは、あらゆる偶像崇拝を嫌悪し、神と個人の魂の間にいかなる地上的な介在も認めなかった。個人の魂と神との交わりのために聖書の重要性を強調し、牧師ではなく、個人による聖書の解釈を重要視したのである。『キリスト教の教義』（*The Christian Doctrine*, 1675）において、「我々は皆平等にキリストの牧師である」と述べているように、彼は神の下での人間の平等を堅く信じた。高位聖職者制度に対する批判は、『リシダス』（*Lycidas*, 1637）においても示唆されている。友人の死を嘆いた『リシダス』は伝統的なパストラルの形態をとっているが、そこでの侵入者、「内密の爪を持った狼」（124）、「盲目の口」（123）、「戸口の二つのエンジン」（124）、においてミルトンが意図することは、高位聖職者制度に対する嫌悪であると思われる。

政治的自由については、『自由な共和制を確立するための迅速で容易な道』（*The Ready and Easy Way to Establish a Free Commonwealth*）において、国王の独裁的な支配に代わり、多くの平等な人からなる会議の設立を主張している。キリストは人間が「人間の召使」(898)となることから解放したからである。家庭の自由についても、メアリー・パウエルが短い結婚生活の後に実家へ帰った時、『離婚の教義と規律』(*The Doctrine and Discipline of Divorce*, 1643)を出版し離婚の自由を主張した。「惨めに生きるよりは別れたほうがよい」(710)と考え、人間の尊厳を重んじる立場から離婚の権利を正当化したのである。

◆ミルトンと中産階級

宗教、政治、出版・言論、あるいは家庭において、外的な力によって課せられる束縛を解き放ち、個人の自由をたたえるミルトンの姿勢は、時代のブルジョワ的個人主義と容易に結びついた。ブルジョワ中産階級が自己利益追求を神聖化するためにピューリタニズムを用いたとするトーニーの学説は、ミルトンの諸作品によって裏打ちされると言って過言ではない。ミルトンは中産階級が自由に活動できる世界を想像し、かつ創造したのである。

クリストファー・ヒル(Christopher Hill)も『ミルトンとイギリス革命』(*Milton and the English Revolution*)において「ミルトンの自由はブルジョワ的自由である。すなわち、個人が、働き、金を儲け、自由に貿易するための権利である」(263)と述べる。ミルトンは『アレオパジティカ』において選択の自由を次のように提唱する。「神の摂理は、アダムが罪を犯すのを黙認したと不平をいう人が多くいる。愚かな舌だ!神がアダムに理性を与えた時、選択の自由を与えたのである。というのも理性は選択にすぎないのだから」(733)。

アダムが禁断の木の実を食べたのは彼の意志であり、善悪の選択は人間の自由意志によるものとされる。楽園喪失は当然の結果であり、現在の状況は、人間の自由なる選択の当然の結果とされる。すなわち、怠惰を選択したものは貧困に陥り、勤勉を選択したものは富を享受するのである。

神の意志と人間の意志の双方を重んじるミルトンの主張は、『自由な共和制を確立するための迅速で容易な道』において述べられる「キリスト教的自由」に集約される。ここで問題は、ヒルも指摘するように、人間の意志と「神の意図との合意点」(267)にある。このことはミルトンにとって決して解決することのない永遠の問題ではあった。しかし、ひとつの解決を自由と規律の弁証法に求めることが出来る。ミルトンは人間の判断によって課せられる規律はもとより、モーセの戒律といった神からの規律をも否定した。ミルトンは外的な力により強要される規律ではなく、内在化された自己規律、すなわち神を前にしての個人の良心を尊んだ。

「自由であるということは敬虔で、賢明で、慎み深く正しく、倹約で控えめで、そして最後に高潔で勇敢であることと同じである」(837)と『イギリス国民の第二の擁護』で述べる。「自由であることは倹約である」という逆説ほど積極的にブルジョワ中産階級の経済的成功に寄与するものはない。神を前にしての自己規律の助けで、浪費ではなく倹約を選ぶことが、自由な利益追求へつながるのである。自己規律によって正しく良い選択をすることにより、真の自由を獲得出来るとする。すなわち、真の自由は規律と自由、神と人間という矛盾するものの相互作用、あるいは弁証法によって得られるのである。

ここにおいてミルトンは、神の道がブルジョワ的自由を求める人の道にとって、正しいことを証明したのである。「ミルトンにとって、神の意図を受け入れることは、真の自由の条件であり定義となった」(267) とヒルも指摘する。

神を前にしての良心に従い、善と悪の渾沌から正しく良い選択をした者のみが真の自由を得ることが出来るのである。それは戦うキリスト教徒の姿であり、『コウマス』(*Comus*,1634) において令嬢が誘惑による試練を通して真の美徳を勝ち得た姿である。「汝は私の心の自由に触れることは出来ない、天が善を見つめているあいだは」(105) と令嬢は言う。「美徳を愛せ、美徳のみが自由だから」(114) と精霊は言う。神の名のもと正しく良い選択をし、美徳を積み重ねた人のみが真の自由に到達するというミルトンの姿勢は、当時のイギリスのブルジョワジーが必要としていたものであった。というのも、勤勉、倹約、節約といったピューリタン的美徳を積んだ人が資本主義の下、自由な資本家として経済的成功を得ることが出来たからである。

『失楽園』

◆自由について

次に、ピューリタン文学の金字塔である『失楽園』(*Paradise Lost*, 1667) を見てみよう。この作品においてもミルトンは人間の人間からの自由を次のように表す。「神は人間を人間の上にたつ主として造られは／しませんでした。人間が人間に隷属せずに自由であるようにと、／主という称号をただ自らのものとして保っておられるのです」(XII, 69-71)。ここでの人間の自由や平等の主張は、明らかに絶対君主制度とそれと深く結びついた高位聖職者制度、あるいは封建社会と教会のヒエラルキーへの批判である。

この観点からすると、ブレイクやシェリーといったロマン派作家が、『失楽園』の主人公はセイタンであるとするのは正しい主張であるようにも思われる。革命家、すなわち反乱者としてのミルトンがセイタンに自らを投影したかもしれぬというのである。なるほどこうした見方を支持する詩行も多い。例えば、セイタンの反乱は「輝かしい企て」(I,89)であり、神は「天国の君主」(I,638)として描かれる。セイタンの反乱の失敗をイギリス革命の失敗と同一視することも出来る。第五巻において、次のようにセイタンが自由を主張するとき、ミルトンを代弁しているようにも思われる。

> とすれば、権力や栄光においては劣るが、自由において
> 同等である者、として生きてきた者の上に、
> 理性や権利の点からいって、いったい誰が王として君臨できる
> のか？　(V, 794-97)

しかし、アブディエルはセイタンを不敬であると非難し、神の下での幸福を強調する。ミルトンが共感を覚えたのはセイタンではなく、アブディエルであった。他の天使が反抗的であるのに、彼だけが勇敢にも神の下部として神に忠実であり続けたからである。

彼だけが、不実な天使の群れの中にあって唯一人の忠実な天使であった。無数の不誠実な群れにあって、彼だけは冷静で動揺することなく、誘惑に負けることなく、怖れることなく、切に忠誠を守り、愛を守り、熱意を守った。数の如何も問題ではなく、そのために、どんなに孤立していても、真実から逸脱することも忠実な心を変えることもなかった。(V, 897-903)

ミルトンの主張する自由はセイタンの無条件の放縦ともいえる自由ではなく、ピューリタニズムの神に敬意を払うことにより到達できる自由であった。彼が『失楽園』において意図したものは革命の失敗を嘆くことでも、現世において地理的な楽園の喪失を嘆くことでもなかった。人間の堕落と救済への道を書くことによって、道徳的人格の陶冶とそれによって得られる自由の必要を意図したのである。

◆幸運な堕落とその合理化

アダムの堕落は彼の自由な選択によるものであった。神はアダムに自由意志を与えたがゆえに、人間の堕落の責任を免れた。堕落するも踏み止まるも、アダム自身の選択によるものであったからだ。

誰のせいなのか？　人間自身でなくて誰のせいなのか？　恩知らずだ。あの天使はわたしから得られるものはすべて得ていた。わたしは彼を正しく、真っ直ぐに、
堕ちることも自由だが、毅然として立つにたる力を持った者、として創った。（III, 96-99）

アダムは彼自身の誤った選択ゆえに堕落したのである。それゆえに、彼が再び上昇し、真の自由を得るために必要なのは、正しい理性にもとづく絶えざる努力であった。ミルトンにとって魂の救済は、キリストの十字架上の贖罪によって得られるものではなく、またカルヴァン的予定説によって恣意的な選択によって得られるものでもなかった。

人間だけが自らを救うことが出来るのである。「だから、運命の影、もしくは、不変のものとして／わたしが予見したいかなるものの刺激を受けることなく、彼らは罪を犯し、／その主体となってゆくのだ」（III, 120-22）と書かれている通りである。したがって、アダムの罪が原罪であり、全人類の背負う罪であるならば、アダムに開かれた救済への道は、全人類に開かれた道でもある。悪からより大きな善が生じるゆえに、アダムの堕落は幸運であったといえる。アダムが『失楽園』の主人公なのである。

私の罪からさらに善いものが
生じ、神にはより大いなる栄光が、人には神のより多くの
恵みが生じ、さらに神の御怒りの上にはそれを蔽う恩寵がみち
溢れることを。(XII,476-478)

アダムは犯した罪ゆえにエデンの園を追放されたが、悪を善に変えるという自らの努力で内なる楽園を見出すことが出来た。ミルトンにとって、真の楽園は現世に見い出すことが出来るものなのである。内なる楽園に到達するために、人間は神を前にしての個人の良心、すなわち内在化した規律に従って正しい選択をしなければならない。楽園を追放されようとするアダムとイヴに向かって、天使ミカエルは次のように忠告する。

信仰を加え、美徳と
忍耐と節制を加え、さらに、やがて慈愛という名で呼ばれる
はずの、そして他の一切のものの魂でもある愛を、加えることだ。
そうなれば、お前もこの楽園から出ていくことを嫌とは
思わないであろう。自分の内なる楽園を、
お前はもつことができるからだ。(XII, 582-87)

神によって与えられた正しい理性の助けを借りて、美徳、忍耐、節制、といった正しい選択をし

たものが世俗において楽園をもつことが出来るというのである。ウェーバーはこの一節を引用し、「ピューリタニズムの現世への深刻な注目、世俗的生活の使命として受容するこの力強い表現は、中世の作家の筆によって書かれたということはありえないと、誰しもただちに感じるであろう」(88)とコメントする。この一節は、ピューリタニズムの倫理が資本主義の精神と一致することを示す最も適した文学的表現といえるのであろう。

忍耐や節制の重要性の強調は、『失楽園』のその他いたるところで見られる。例えば、ミカエルは「度を過ごすなかれという掟を守り、飲食に際しては、節制が教えるように暴飲暴食をせず、適当な栄養をとることを心がける」(XI, 530-33) ようアダムに忠告し、アダムも「真理のためには苦難に堪えることこそ最高の勝利にいたる勇気そのものである」(XII, 569-70) ことを学んでいくことを決意する。ウェーバーは「あの世俗内的生活を神の意志にそうように合理化しようとする運動を広義でピューリタニズムとよぶならば、ミルトンはそうした広義におけるピューリタンにすぎなかった」(24) とするが、幸運の堕落はこの合理化運動の淵源であった。

◆ブルジョワ的ヒエラルキーの成立

こうした現世に対する厳粛な関心によって得られる楽園は、自由と結びついており、自由な楽園は正しい理性によって成就されるものであった。「お前が最初の罪科を犯してから、真の自由が失われてしまったということ、そしてその自由は正しい理性と常に絡み合って存在し、理性を離れて別個に存在するものではない」(XII, 84-86) とミカエルはアダムに言う。また、アダムはイヴに「神は人間の意志を／自由なものとして造られた。理性に従うものはすべて自由で／あるからだ。そして神はその理性を正しいものと造られた」（XI, 351-52）と言う。美徳や理性において劣る者は、真の自由を失うというのである。ミカエルはアダムに次のように言う。

> 時折、国民が
> 理性、すなわち美徳を失って堕落し、悪逆な行為を
> しなくても、神の正義とそれに伴う破滅的な呪詛のために、
> すでに内的な自由の喪失に付け加え、外的な
> 自由をも奪いさられてゆく。（XII, 97-101）

要は、善良で徳高く正しい人間のみが、真の自由を扱うことが出来るというのである。そしてその自由は神の恩寵と矛盾することなく、むしろその伴侶であると次のように述べられている。

> 彼らが恩寵の霊に圧力を加え、その霊の
> 伴侶である自由を束縛する、ということにならざるを
> えない。（II, 524-26）

ここで「彼ら」とはイギリス国教会の高位聖職者のことである。地上的権威の外圧を逃れ、個人の魂が神との直接の結びつきにおいて善行を行う限り、自由は神の名で人間に約束されるのである。

このようにして、ミルトンのピューリタニズムはイギリスの台頭する中産階級にとって道徳の鏡となった。ピューリタン革命は政治的には失敗に終わったものの、ミルトンによって代表されるピューリタニズムは、以後世界中に広まった資本主義の道徳的規範となったのである。ヒルも「ミルトンは宗教と自由を商業的繁栄の利益に売り渡すような人々のために執筆していることを知っていた」（202）とする。

また、ミルトンは労働の重要を強調する。アダムは「パンを食べるためには」「土塊に帰る」まで「額に汗を流して働かなければならない」(X, 204-205) のであり、「私は働いて自分の糧を稼がなければならないとのことだが、そんなのは少しも苦にはならない。怠けろと言われた方がもっと辛かったろう。」(X, 1054-56) と言う。アダムが彼の魂の救済のためにすべきことは、中産階級が経済的成功のためになすべきことと同一のことであったのだ。中産階級が経済的成功のためにする努力の背後には神がおり、彼らの自由な利益追求は神の栄光のもと神聖化された。かくしてミルトンは「神の道が人の道に正しい」(I, 26) ことを証明したのである。

ミルトンは、なるほど社会的、あるいは教会のヒエラルキーを否定はしたが、美徳のヒエラルキーという新しいヒエラルキーを作り出した。

アダムよ、
唯一の全能なる神がこの世に在り、すべてはその
神から生じ、また善より逸脱しない限り神へともどって

ゆく、――すべては、もともと完全なものとして創られた。
すべては、一つの原質料から出来ており、
様々な形相、様々な階段をもつ内質、そして生けるものの場合には、
様々な段階の生命、をそれぞれ与えられている。しかし、各々は
独自の活動の領域を定められており、神の近くに
位置を占めれば占めるほど、或いは神の近くへと向かえば向かうほど、
いっそう浄化され霊化され純化されてゆき、ついには、
それぞれ定められた限界内においても、肉は霊へと上昇しようと
するのだ。(V, 469-79)

富める者は美徳において高いゆえに神に近いという解釈が可能である。神に選ばれた者の経済的繁栄と呪われた者の貧困という、労働とその他の経済的美徳を尊重する思想体系の成立である。ミルトンのヒエラルキーはブルジョワ的ヒエラルキーであったといえる。

『闘士サムソン』

『闘士サムソン』（*Samson Agonistes*, 1671）は『失楽園』と同じ意味合いをもつ。アダムと同様、サムソンが囚われの身となったのは彼自身の落ち度によるからである。「わが身をおいてだれを責めよう」（I, 46）とサムソンは言い、「心の底まで腐り、悪徳ゆえに奴隷となった国民は／自由より

も束縛を――努力する自由より安易な束縛を好み」(II, 269-71)と言う。節制や倹約も次のように奨励される。

狂気だ。最も強い葡萄酒や
飲物が健康を主に支えると考えるとは。
神が無比の強力な戦士をふるい立たすための
飲物を清流のみと定め、葡萄酒などを
禁じる時。(II, 553-57)

忍耐は「真の剛毅」(I, 654)として讃えられ、美徳は神に受け入れられる。

あらゆる反対をおし切って進み、
全ての誘惑を取り去る徳は
最も輝き、神に最もよく受け入れられるのだ。(II, 1050-52)

ペリシテ人の破滅は一種の自己破滅、すなわち彼らの悪徳の当然の結果である。ペリシテ人のなかで、「族長、貴婦人、隊長、顧問官、司祭たち」(I, 1653)といった貴族階級のみが破滅し、英雄的で徳高いサムソンはイスラエルに「名誉と自由」(I, 1715)を残した。ペリシテ人は高位聖職者や貴族と同一視されている。サムソンが彼の美徳と忍耐、そして節制で為し遂げたことは、封建社会の軛から中産階級を自由に解き放ったということになる。そしてそれは神に正当と認められるのである。コーラスが最後に「全ては善である。測りがたい最高の知恵がもたらすものをわれらはしばしば疑うが、常に最後には最善となることがわかる」(II,1745-8) と神を讃えて作品は終わる。

以上、ピューリタニズムと資本主義の関連を代表的ピューリタン作家、ミルトンの諸作品を通して論じてきた。トーニーが『宗教と資本主義の勃興』において次のように述べるとき、彼のいうピューリタニズムはミルトンと置き換え可能なのである。

ピューリタニズムはイギリス中産階級の教師であった。それは彼らの美徳を高め神聖化したが、彼らに都合のよい悪徳を根絶することはなかった。そして美徳と悪徳両方の背後には、全能の神の威厳ある容赦のない掟があるという抜きがたい確信を彼らに与えた。その予知なくして鍛冶炉に鉄槌が振り下ろされることはなかったし、台帳に数字が加算されることもなかった。(211)

楽園喪失と楽園回復ナラティヴ

ミルトンは『失楽園』の最終篇においてアダムとイヴの楽園からの追放を描写し、次のように結んでいる。

彼らは、ふりかえり、ほんのさっきまで
彼らの幸福な住処の地であった楽園の東側を見つめた。

その上方では、あの燃え立つ
剣がふられており、門には恐ろしい顔や火炎の
武器が、みちていた。彼らの眼からは自然に
涙があふれ落ちた。しかし、すぐにそれを拭った。
世界が、彼らの前にあった。安住の地を選ぶべき世界が、
そして、摂理が彼らの導き手であった。彼らは手に手をとって、ゆっくりと
放浪の足取りで、エデンを通って彼らの寂しい道を行った。（VII, 641-49）

楽園を追放され、荒野へとアダムとイヴは放浪の旅に出た。それは人類の歴史の始まりというよりはむしろ近代化の黎明であった。

マーチャントは『エデンの再創造――西洋文化における自然の運命』において、西洋における自然の運命をキリスト教文化の視点から論じる。聖書の創世記において描かれる天地創造やアダムとイヴの楽園からの堕落は、自然をめぐる物語であると言っても過言ではない。なぜならそこには自然と人間の創造と、最初の人類であるアダムの「庭園」から「荒野」への堕落が描かれるからである。禁断の木の実を食べることによって楽園を追放されることになったアダムに向かって神は、「土に帰るまで／額に汗をして／糧を得なければならない」（創世記　3:19）と言う。ミルトンも『失楽園』第一〇巻においてこの労働の重要性を強調した。

楽園から追放されたアダムは「彼がそこから取られた／土を耕す」（創世記　3:23）ことになる。土地を耕すという労働によって荒地は庭園になり、アダムは救済され再び楽園を回復できるのであ

る。人間の幸せは自然と共にあると言っても過言ではない。マーチャントも「土地での労働はエデン回復への道である」（93）といい、こうした動向を「主流的楽園回復ナラティヴ」（Mainstream Recovery Narrative）（39, et passim）と呼ぶ。土地を耕す主人公はアダムであり、耕される土地はイヴである。この回復ナラティヴは新世界としてのアメリカでとりわけ有効であるとする。楽園を追放されたアダムとイヴはアメリカへ行き、アメリカの未開の荒野を耕作することになったのである。

主流的楽園回復ナラティヴは土地の功利的な利用と結びつき、資本主義やテクノロジーの発展に組み込まれていった。例えばマーチャントは環境歴史学者マーク・ストール（Mark Stoll）の次のような議論に言及する。

> 環境歴史学者マーク・ストールはアメリカにおけるプロテスタンティズムは自然を利潤のための商品に変える資本主義的衝動と、創造における神の栄光をたたえる保護主義的衝動の両方を生み出したと主張する。それゆえにキリスト教がアメリカの主要な宗教となったので、創世記一の自然に対する支配の話と創世記二の自然の管理の話は実際のものとなった。（96）

創世記一には「われわれに似るように、われわれのかたちに、人をつくろう。そして彼らに海の魚、空の鳥、家畜、地のすべてのもの、地をはうすべてのものを支配させよう」（創世記 1:26）と神は仰せられたとある。創世記二には「主は人間を取り、庭園に置き、そこを耕させ、またそこを守らせた」（創世記 2:15）とある。ストールは創世記二を保護主義的とし、エマソン、ミューア、レオポルドなど環境保護主義者はいずれもキリスト教者であったと主張する。

しかし、マーチャントも指摘するように創世記一の「支配」(dominion)と共に、人間中心主義であることにはちがいない(25)。リン・ホワイト(Lynn White, Jr.)も聖書を根拠として環境危機のルーツがキリスト教にあるとする。ホワイトは一九六七年に「エコロジー危機の歴史的ルーツ」("The Historical Roots of our Ecologic Crisis")を発表し、「人間はすべての動物を命名し、それゆえに動物を支配するようになった。・・・とりわけ西洋の形態では、キリスト教は世界で最も人間中心主義の宗教である」(1205)と述べ、「自然は人間に仕える以外に存在理由がないとするキリスト教の原理を我々が否定するまでは、環境危機は悪化し続けるであろう」(1207)とキリスト教を批判した。

マーチャントはアメリカ東海岸におけるヴァージニア植民地でのタバコ栽培の成功がこの主流回復ナラティヴの一例であるとして次のように述べている。

一八世紀初頭までに、タバコ栽培者は「不当にも等閑にされ」「濫用され」たヴァージニアのチェサピーク地域を魅惑的な庭に変えた。ロバート・ベヴァリーはヴァージニアがカナン、シリア、そしてペルシアに類似する「世界の庭園」になる可能性を持っていると考えた。・・・だがベヴァリーは彼の同国人の「許し難い怠惰」を非難した。「彼らは暖かい太陽と実り豊かな土壌を食いものにし、大地の恵みを収穫する苦痛に対して不平を言った。」タバコはヨーロッパ市場に参入する手段となり、その耕作は労働を通しての土地の改良となった。だが、仕事をしなくなるほどに、人々が快楽、麻薬、あるいは酒にふけると、楽園回復は怠惰への新しい堕落となる危険性があった。(100)

タバコ農園はなるほど聖書的な豊かな庭園の理想のイメージに合致し、タバコ栽培者はアダム的主人公の役割を果たすようである。だが、それはヨーロッパとの通商に組み入れられたものであった。すなわち、ヴァージニアのタバコ栽培の成功は市場経済を潤し、資本主義の発展に寄与し、利潤を得ることが目的であったことが述べられている。同時に「額に汗」をして「土を耕す」という聖書の倫理に依拠しながら発展する資本主義経済にとっての大敵は、快楽や怠惰であることが明確に示されている。

プロテスタンティズムの倫理と資本主義の精神が一致することを論証することによって、プロテスタンティズムが資本主義経済の発展の一翼を担ったことを説いたウェーバーも怠惰や肉の誘惑の危険性について次のように述べている。

> 真に道徳的支障となるのは、所有の安全な確保のうえに休息することで、富を享受することによって、怠惰や肉の誘惑、なかでも正しい生活の追求から離れる結果となってしまうことである。実際のところ、所有は休息の危険を伴っているという理由のみで、全くこのましくないものなのである。(157)

ウェーバーは勤勉、禁欲、節制、節約といったプロテスタント的倫理のもとにおこなわれる利潤の追求は神の栄光を増すとし、次のようにも述べる。

肉欲や罪のためではなく、神のためにあなたが労働し、裕福になることはよいことだ。富は怠惰や、人生の罪深い享楽への誘惑である限りにおいて倫理的に悪とされる。そして富の追求は後に楽しく憂慮なく生活する目的でおこなわれる時のみ悪である。だが、職業における義務の遂行として道徳的に許されているだけでなく、実際には命令されているのだ。（162-63）

ウェーバーは土地利用については言及していないが、マーチャントの言う主流的楽園回復ナラティヴは、ウェーバーの論、あるいはミルトンの主張と通底する。地上での楽園回復は現世での経済的繁栄と同義となり、タバコ等のプランテーション栽培だけでなく、西部開拓も正当化されることとなった。未開の西部は耕作によって豊かな玉蜀黍畑や小麦畑となったかもしれないが、そこには犠牲にされたものもあった。労働に組み入れられる黒人奴隷や貧乏白人の問題、耕作される対象となる土地の浸食、森林伐採など多くの問題が「主流的楽園回復ナラティヴ」には付随したのである。マーチャントはエコフェミニストとして、この「主流的楽園回復ナラティヴ」においてイヴとしての自然の立場から反対する。なるほど「主流的楽園回復ナラティヴ」は「進歩」とか「文明化」という意味では科学や経済を発展させ上昇の一直線をたどるが、マーチャントも指摘するように、自然環境や女性、アフリカ系アメリカ人、ネイティヴアメリカン的視点からは下降の一途をたどったのである。

第3章　多民族国家アメリカのグローバリゼーションと環境
――クレヴクール、エマ・ラザルス、ホイットマン――

はじめに

建国期から一九世紀にかけてのアメリカは、西部開拓やテキサス併合による領土拡大、南海への宣教活動、資本主義経済と産業主義の拡張と、自国の開発とともに、世界をアメリカ化しつつあった。それは帝国主義的と言ってもよいかもしれない。同時に、アメリカには多くの移民が流入し、アメリカは世界化、あるいは多様化していた。今日的課題であるグローバリゼーションは歴史的課題でもあり、当時においてすでに今日のグローバリゼーションを先取りする変化が起こっていたと言える。

人・モノ・金の国内外での移動や都市化など国土と環境が大きく変化していたのである。そのようななかにあって、幾人かの作家たちはグローバルな視座で地球を捉え、また、そのような視座で自国アメリカを見据えた。そして、作品のなかで、自国と世界との関係、国土や自然との関係を意識化した。そこには今日のグローバリズムと共通の特質があるといえる。グローバリゼーションは可逆的であり、また、もしグローバリゼーションが均質化や一元化を意味するのならば、それは多民族化・多様化と表裏一体である。

本章はＪ・ヘクター・セント・ジョン・ド・クレヴクール (J. Hector St. John de Crèvecœur, 1735-1813)、エマ・ラザルス (Emma Lazarus, 1849-1887)、ウォルト・ホイットマン（Walt Whitman, 1819-1892）の三人の古典作家をとりあげ、彼らの描く作品に、新しい移民国家としてのアメリカの形成と、マニフェスト・デスティニーとも呼ばれる国土の拡張、すなわちグローバリズムの諸問題に通じるヴィジョンを見ることを目的とする。そして、利益優先の資本主義経済と産業主義、土地の開拓のなかにあって、土地や自然と共生しようとする意識、すなわち環境意識の始まりをクレヴクールとホイットマンの作品を通して考察するものである。

クレヴクール

◆新世界の新しい人間

アメリカ合衆国は多民族国家であり移民国家でもある。元来アメリカに住んでいたとされる原住民でさえ、四万年前から一万五千年前にアジア大陸からベーリング海峡を渡って移動してきた移民である。彼らが「最初のアメリカ人」と呼ばれる所以である。そして支配的民族であるいわゆる**WASP**（ホワイト・アングロ・サクソン・プロテスタント）もまたイギリスで宗教的迫害を受け、新天地を求めて移住してきた人々である。多文化主義という言葉や概念は近年使用されるようになったものであるが、アメリカを移民国家あるいは多民族国家として捉える見方はアメリカがまだイギリスの植民地であったころからのものである。こうしたなかにあって、最初にアメリカを多民族・多文化主義国家として捉えたのがクレヴクールである。

クレヴクールは、一七五九年にフランスからアメリカ植民地に移住した。アメリカ人女性と結婚し、アメリカ市民権を獲得した。ニューヨーク州オレンジ郡の農場を買い求め、アメリカ革命のあいだに約一〇年の年月を要し『アメリカ農夫の手紙』(*Letters from an American Farmer*)を執筆、一七八二年に出版した。この本はトマス・ジェファーソン的農本主義の響きがある文章であり、アメリカの農業文化において土地の入手可能性が社会的平等の保障としての安全弁として働くことを前提とする。

『アメリカ農夫の手紙』はフランス人レイナール神父に捧げられている。また、本文においても、クレヴクールはジェイムズという一介のアメリカ農夫になることによって身を低め、それが教養あるイギリス人紳士F・Bに手紙を書くというという形式をとる。この手紙の第三章において、彼はアメリカをヨーロッパの貧民たちが合流する「避難所」(42)と呼ぶ。避難所を求めてアメリカへ入植してきた人たちの多様性に驚き、「彼らはイギリス人、スコットランド人、アイルランド人、フランス人、オランダ人、ドイツ人、そしてスエーデン人の混合だ。このごたまぜの種族から、今日アメリカ人と呼ばれる人種が生まれた」(42)と述べる。さらに「アメリカ人とは何か、この新しい人間?」(43-44)という有名な問いを発し、自ら次のように答えている。

彼の昔の偏見や風俗習慣をすべて捨て、彼が採用した新しい生活様式による新しい風俗習慣や、彼が従う新しい政府、彼が保持する新しい地位を受け入れるのがアメリカ人だ。アメリカ人は新しい原則に基づいて行動する新しい人間だ。・・・ここではあらゆる国の人間は溶けて新しい人間の人種となる。(44)

ここにおいて多様な民族が「溶けて」ひとつになるという、いわゆるメルティング・ポット論が早くも提示されているのである。アーサー・M・シュレージンガー（Arthur M. Schlesinger）によると、「一八世紀と一九世紀に使われた人種という言葉は我々が今日国籍という意味のものを意味した」(15)。クレヴクールが意図するものは異人種間の「血の混合」(44)、すなわち異人種間結婚であると同時に、多様な文化や風俗習慣の融和でもあった。

ところが、クレヴクールはアメリカを賛美し、メルティング・ポット的理想のヴィジョンを提示する一方、南部のサウスカロライナのチャールズタウンにおいては、奴隷制というアメリカの闇の現実を見つめ次のように述べる。

この小さな地球の上では、人間が住み栄えることのできる場所はなんと僅かなことだろう。平和と幸福を吹き込むように思える温暖な気候のもとでさえ、奴隷制度の毒、独裁制の狂暴、そして迷信の狂気などが皆そろって人間に敵対している。そこで一部少数の者だけが支配権を握り、一方では多くの人が飢え、無駄な不満の声をあげている。そこでは人間性が、もっと恵みの少ない地方よりも、おそらくは低下しているように思われる。(161-62)

アメリカの農業文化に対しては惜しみない賞賛を送ったクレヴクールではあるが、奴隷制に対しては痛烈な批判をしている。彼はアメリカの大衆民主主義の限界を見届けたともいえよう。

◆処女地の開拓と自然観察

古い世界と古い自我を棄て、新世界アメリカにおいて、新しい人間としてクレヴクールは農耕生活に入る。それは、土地の入手可能性の平等に基づくものであり、土地の耕作や西部開拓とは無縁ではなかった。すなわち、未開の荒野、処女地の耕作を意味した。

ポール・ライオンズ（Paul Lyons）も「西洋の巡礼／避難民としてのクレヴクールのアメリカはヘンリー・ナッシュ・スミスによって想像された「処女地」を背景としてのみ形成されうる」(62)と指摘する。ヘンリー・ナッシュ・スミス (Henry N. Smith) は『ヴァージンランド――神話と象徴の西部』(*Virgin Land: The American West as Symbol and Myth*) において一九世紀のアメリカ西部は開拓し、耕作されるべき「処女地」であったと論じた。スミスは「アメリカ社会が無限に西方へ拡大するのは当然のことだとした」(126) と述べ、西漸運動推進者としてのクレヴクール像を鮮明にする。例えば『アメリカ農夫の手紙』からの次の一節をスミスは引用する。

我々の五大湖の岸が内陸住民で満たされ、北アメリカの未知の境界が完全に殖民されるまでには、長い年月がかかるだろう。誰がこの拡がりがどこまでなのかわかるか。この拡がりを養い、包含するだろう何百万もの人を誰が数えられるのか。ヨーロッパの食品は、この大きな大陸のまだ半分も届いて

はいないのだ！(41)

スミスも指摘するように耕された処女地、すなわち開拓ずみの西部は「世界の農園」(123)であった。西漸の過程は三つの主な社会的区分を作り出すとスミスは指摘する。すなわち、「僻地開拓地の遠い縁」と「快適な農場の中央部」と「成長してゆく富と都会と社会的階層分化の地域である東部」(126-27)である。「この過程の発端と末端は望ましくない社会状態を作り出すとクレヴクールは信じた。しかし中央部の状態は人間の徳性と幸福にとってユニークな機会を与えた」(127)とスミスはコメントしている。

クレヴクールにとってのアメリカは、世界を引きつけ世界の多様性を容認しながら新しい人間を作り出す力を持っていたが、その裏には領土を拡大し、世界へ延びようとする衝動があったのである。クレヴクールの多文化主義はグローバリゼーション的衝動と表裏一体のものであった。

こうした土地の耕作は、「世界の農園」「世界の庭園」の創出であり、第2章で論じたように、マーチャントのいう「主流的楽園回復ナラティヴ」である。マーチャントなら反対し、耕される土地、すなわちイヴの陵辱と捉えたであろう。D・H・ロレンス(Lawrence)も「このアメリカ人農夫は荒野に家を建て、処女地を耕作することの喜びを語る。かわいそうな処女、最初から身売りされるとは」(29)と土地への共感を示す。

土地を耕作するかたわら、クレヴクールは自然を意識し、詳細に観察した。D・H・ロレンスはクレヴクールをソローやエマソンよりもずっと早く自然に着目したと指摘する(29)。本書各所で見られる詳細な自然観察は注目に値する。「手紙二」ではキング・バード（タイラン鳥）、ミツバチ、鳩、ネコマネドリ、ミソサザイ、スズメバチなどの観察が描かれる。キング・バードがミツバチに食いつくが、クレヴクールがキング・バードを撃ち殺し、その胃袋からミツバチを取り出す場面にロレンスは言及する。キング・バードをヨーロッパ、ミツバチをアメリカと捉え、このエピソードをアメリカの復活とロレンスは解釈している（33）。

ロレンスはまた、クレヴクールが観察に熱中する自然を「芳しく純粋な自然」（31）としながらも、クレヴクールが垣間見る昆虫、蛇、鳥は「現実の自然」、「原始の存在」（31）であり、「無垢な自然」（31）は嘘をついているという。この点を「憂慮すべき打撃」としながらも、それが「基本的なアメリカ的なヴィジョン」（32）であるとする。

「手紙一〇」においても、蛇やハチドリについての観察が語られる。二匹の蛇の争いの描写について、ロレンスは「原初的で暗い真実」（34）を伝えているとする。

クレヴクールは革命戦争においても、イギリス王党派にも独立革命派にも加わらず、終始中立を保った。そのため両陣営からは絶えず白眼視されたという。故国は離れたが完全にはアメリカ人になりきれないものがクレヴクールにはあったと思われる。ひとりのヨーロッパ貴族の生まれであった彼がアメリカを賞賛する一方、批判する態度には捨てがたいヨーロッパへの思いがあるようにも思われる。そのことは彼の自然に対する態度にも表れている。無垢で純粋な、処女のようなアメリカの土地と自然であるが、そこに暗闇や原初的なものを認めたのである。

新しい世界における新しい人間が未開の土地を耕作することには大きな困難があった。また、コミュニティの形成も容易ではなかった。そこには、新世界への期待と不安、賞賛と批判があるのは当然である。また、土地や自然への思いも交錯するものがある。新しい国アメリカは旧世界から移民を受容したが、同時に再び世界へ向けて延びる衝動を有していた。それは、国土との新しい関係の模索であった。

写真五　ニューヨーク、バッテリーパークより見る自由の女神像　筆者撮影

エマ・ラザルス

ニューヨークのリバティー島に立つ自由の女神像（写真五）は、一八八六年、アメリカ合衆国の独立百年を記念してフランスより贈られたものであり、以来現在に至るまで移民を歓迎する象徴となっている。その台座に彫られた詩、「新しい巨像」（"The New Colossus," 1882）はユダヤ系女流作家エマ・ラザルスが台座のための基金募集のために書いた詩である。そこではアメリカがすべての移民に対して開く、想像上の「黄金の扉」についてうたわれている。次が詩の全引用である。

「新しい巨像」

征服の足を陸地から陸地へまたぐ
高名なギリシャの真鍮の巨人のようではなく
ここでは海に洗われた日没の門のところに
松明を持つ巨大な女神が立つだろう、その炎は
監禁された稲妻、そして彼女の名は
故郷を追放された人の母。彼女ののろし火を持つ手からは
世界的な歓迎が輝く。彼女の穏やかな両目は双児都市が
形成する架け橋のかかる港を見晴らす。
「いにしえの国よ、汝の歴史的栄華をとどめよ！」と
彼女は沈黙の唇で叫ぶ。「汝の疲れし者、貧しき者を私に与えよ。
自由の息をすることを望む汝のごちゃごちゃの大衆よ
汝の人で満ちあふれた岸の惨めなくず
これらを私に送れ、家なき者、嵐に打ち上げられた者を私に送れ、
私は黄金の扉のそばで私の松明をかかげる！」

自由の女神像を「新しい巨像」とするタイトルは、かつてギリシャのロードス島にあった巨大なアポロ像を古い巨像とし、それに対するものとして提示される。旧世界としてのヨーロッパ、新世界としてのアメリカという図式のなかで、クレヴクールがアメリカ人を「新しい人間」と呼んだのと同じ認識が伺える。

ロードス島の巨像は紀元前三〇五年にマケドニアの侵略を撃退した記念に建設された彫刻像で、

太陽神アポロらしく右手には炎を持っていた。左手には軍事的勝利を祝う象徴である好戦的な大剣を持っていたとされる。いずれにせよ、この像は今は残っていない。自由の女神も右手には炎を持つが、左手には独立宣言を持つ。同じ右手に炎を持つという共通点を持ちながらも、一方は好戦の象徴であり、他方は平等、自由、幸福の追求の象徴となる。詩には独立宣言への言及はないが、「稲妻」が「監禁された」炎の描写に神の雷の力を感じることが出来る。そして女神像は移民すなわち「故郷を追放された人」の母として彼らを歓迎する。

「双子都市」とはニューヨークとブルックリンのことであり、その間に架けられたブルックリン橋が言及されている。ブルックリン橋は一八六九年から一八八三年にいたるまで一四年の歳月をかけて完成された。一八八三年といえばこの詩が書かれた年である。この頃アメリカでは一八六九年には大陸横断鉄道が完成するなど、科学技術や産業が急速に発達する途上であった。それは大規模な移民流入の誘因であり結果でもあった。合衆国は仕事の機会を提供し、移民はそれを求めてやってきた。移民は安い労働力を提供し、多くの人が低賃金の仕事を求めて競争した。

彼らのなかには最下層の生活にとどまるものもいれば、成功するものも少なくはなかった。いずれにしても移民は合衆国が物質的にも精神的にも大国にのし上がるのに貢献した。中国人やアイルランド人が鉄道敷設のための安い労働力であったことは周知の事実である。大陸横断鉄道の完成は通商において「東洋と西洋とがアメリカでつながる」ことを意味し、このブルックリン橋は「世界を連結するそういう鎖の最後の輪」(50)であったと亀井俊介は指摘する。アメリカの世界へ向けての産業的発展、すなわちその意味でのグローバリゼーションが移民歓迎と表裏一体であったことを示すものである。

次にヨーロッパを「いにしえの国」と呼び、その「歴史的栄華を保て」とヨーロッパの歴史と文化をたたえる。そしてヨーロッパにおいて疲れた者、貧しい者をアメリカへ送れと女神は叫ぶ。ジョン・ハイアム（John Higham）は、移民を「惨めなくず」としてレッテルを貼ることは「否定しようもなく侮辱的」（78, 107）であったと指摘する。ここには確かに「優越者に見られる恩着せがましさ」(78) があるかもしれないが、それはハイアム自身「邪気のないものであった」かもしれないと認める。ラザルス自身ユダヤ人であり、ユダヤ人が一般に世界の「くず」と呼ばれていることを考えると、自由の女神の持つ松明は、差別の暗闇に投げかける希望の光の輝きであったといえるのではないか。

クレヴクールも『アメリカ農夫の手紙』において「地位も名誉もなく、農夫という卑しい身分より上には出世しなかった男」(8) と自らを農夫の身に低めた。そこにも貴族制の栄華を残すヨーロッパを前にして、アメリカを「大衆」あるいは民衆の国として捉える意識が働いているように思われる。アメリカを貧民やその他の被抑圧者にとっての「避難所」と見る神話は、クレヴクールと同様であり、「完全に消えたことは一度もなかった」（Higham 80）のである。

◆民衆の詩人

ウォルト・ホイットマン

移民を歓迎し、自らも「民衆」あるいは「大衆」の一人として位置づけたのがウォルト・ホイットマンであった。同時にホイットマンは「開拓者よ、おお開拓者よ」（"Pioneers! O Pioneers!"）と西部の開拓者精神をうたい、「インドへの道」（"Passage to India"）においては東洋を西部開拓の延長線上にあるとし、アメリカのグローバリゼーション的衝動を賞賛した。

ホイットマンは「自分自身を私は歌う」（"One's Self I sing"）のなかで、自らを大衆の一人であるとして次のようにうたう。

「自分自身」を私は歌う、素朴で自立した人間を、
それでも「民衆の仲間」、「大衆のひとり」という言葉を私は口にする。

頭のてっぺんから爪先まで生理学を私は歌う、
顔つきのみや脳みそが「詩神」にとって価値のあるものではなく、
完全な「人体」こそ遥かに価値あるものだ、
「男性」と同様「女性」もひとしく私は歌う。

情熱、脈拍、活力、すべてにおいて測りしれない「いのち」を、
自由な振る舞いができるよう神聖な法則のもとでつくられた、
陽気で「新しい人間」を私は歌う。（37）

ここにおいて「新しい人間」（The Modern Man）はクレヴクールの「新しい人間」（The New Man）

を想起させる。クレヴクール同様、ホイットマンはヨーロッパの封建的な過去に背を向け、アメリカという新世界のもとで生きる新しい人間を描く。個を尊重しながらも、民衆のひとりとして他者との一体感をうたい、男性同様に女性も、そして精神だけではなく肉体も賛美するのである。

ホイットマンは「私自身の歌」("Song of Myself") においても「私は私自身を賛え、私自身を歌う、／そして私が想定することをあなたは想定する、／私に属する原子は一つ残らずあなたに属するからだ」(63) と自己を尊重しながら他者との一体感をうたう。「一」と「多」の共存である。

そして社会のあらゆる階層の人を並列に並べ、彼らと自己を一体化する。例えば狂人や娼婦、黒人、インディアンといったアメリカ社会において最下層にいる人間と、大統領という最上層にいる人間とを彼独特のカタログ的手法によって次のように並列におく。

狂人が真性だと診断されて、ついに精神病院へ送られる、
（もはや彼がかつてのように母親の寝室の簡易寝台で眠ることはないだろう）、
・・・・・・・・・・・・・・・・・・・・・
新来の移民の集団が波止場や堤防を埋めている、
縮れ毛頭の黒人がサトウキビ畑に鍬を入れ、監督員が馬の鞍から彼らを見る、
・・・・・・・・・・・・・・・・・・・・・
売春婦がショールを引きずり、ボンネットがほろ酔いのにきびだらけの首の上ではねる・・・
大統領が閣議を開き長官たちにかこまれている、(76-78)

「私自身の歌」は「最初私をつかまえることが出来なくても元気をだせ、／ある場所で見つからなくても別のところを探せばいい、／ぼくはどこかで止まってあなたを待っているから」（124）と終わる。ここでの「私」は「あなた」であるすべての人を受け入れる用意のある人物であり、同時にそれは多民族国家、そして民主主義国家としてのアメリカをも表すと思われる。それは、エマ・ラザルスが「新しい巨像」でうたうアメリカと共通するものである。また、万人を並列に並べることによって、万人と自己を同一視することによって、自由と平等を謳歌し、「多」を受容し、「新しい人間」を作り出すという。ホイットマンの多民族、多文化主義的ヴィジョンはクレヴクールに通底するものがある。そしてクレヴクール同様、多数・多様性と表裏一体にあるのが西部開拓を推進し、ひいてはインドをはじめとする東洋へ延びようとするグローバリゼーション的な想念であった。

◆インドへの道

新来の移民を歓迎し、アメリカにおける民族的パノラマのヴィジョンを展開するホイットマンは、移民の母国へも思いをはせる。生涯の大半をニューヨークとその近郊で過ごしたホイットマンは、現実にはローカルな詩人であった。H・N・スミスもホイットマンは「大西洋岸の土着で終生の住人であった」（44）と述べる。ホイットマンの西部開拓や東洋への興味、グローバルな想像力はあくまで空想にもとづく詩的表現によって表された。

太平洋岸からさらに西へ向かって移民の母国を遠望する彼の想念は、「アダムの子供たち」（"Children of Adam"）の次の一節にあらわれている。

カリフォルニアの岸辺から西に向かって、
問いかけながら、疲れることもなく、まだ見つからないものを求めながら、
年をとっても子供の私は、波の向こう、母なる者の住む家を、移住者たちの母国を遠く見晴らし、
円はほとんどをめぐり終えられ、私の西部の海の岸辺から沖のかなたを見る、
ヒンドスタンから、カシミールの渓谷から、
アジアから、北方から、神から、賢人と英雄から、
南方から、花咲く半島、香料香る島々から、西をめざして旅立ったが、
以来長いあいださまよいつづけ、地球のまわりをさまよい、
今再び故郷に面する、大変喜ばしく満足して、
（だが遥か昔に旅立ったときのあの目的地はどこにあるのか、
そしてどうしていまだに見つからないのか）（145）

楽園を追放されたアダムはアメリカへ行き、アダムの子供たちはアメリカ西海岸へ行き、そこからさらに西へ向いてさまようのである。

「開拓者よ、おお開拓者よ」においても、アメリカ合衆国は北米全土を支配し開発すべき運命を担っているとする「明白な神意」をテーマに、ホイットマンは次のようにうたう。

私たちは原始森を切り倒し、
川を堰きとめ、大いに議論をし、内部の鉱脈を深く貫き、

広い地表を測量し、処女地を掘り起こす、
開拓者よ、おお開拓者よ。(258)

ここでも、大地は「処女地」と呼ばれ、国土の開拓、開発は処女性の喪失とされる。当時、アメリカの西漸運動は領土拡張と資本主義経済の拡大という帝国主義的ともいえる側面を持っていたが、その延長線上にはアジアとの通商、東洋貿易の重要性があった。そして、このような帝国の進路というテーマを完成させたのが「インドへの道」であるとスミスは言う。

なるほど「インドへの道」は大西洋海底ケーブルの敷設(一八六六年)やスエズ運河の開通(一八六九年)、大陸横断鉄道の完成(一八六九年)、といった最新の科学技術によってインドへの道が近くなったことを歌う詩である。

私の日々を歌い、
現代の偉大な業績を歌い、
技術者たちの力強く容易な仕事を歌い、
私たち現代の不思議を歌い、(古代の重々しい七不思議は敗北する)、
東の「旧世界」にはスエズ運河があり、
「新世界」は巨大な鉄道網に覆われており、
海には雄弁で従順な電信網が張り巡らされ、
それでもまずは声高らかに、絶えず声を張り上げて、おお　魂よ、あなたとともに歌え、
「過去」、「過去」、「過去」と。(428)

ここに表われているのは、現在の科学技術の進歩や物質主義、資本主義に対する賞賛であると同時に、魂と過去への誘いである。スエズ運河は東洋とヨーロッパを、大西洋海底ケーブルはヨーロッパとアメリカを、大陸横断鉄道はアメリカとアジアを結びつける。科学技術の進歩によるグローバル化である。東洋と西洋の通商、貿易は当時の魅力であった。しかし、科学技術の発達によって可能となった東洋と西洋の通商のみを賞賛することは、ホイットマンの意図するところではなかった。

ホイットマンは魂に呼びかける。そして、神の意図によってあらゆる人種、隣人、そして世界が一体となることを望む。

> インドへ渡ろう、
> そら、魂よ、当初からの神の意図があなたには分からないか、
> 地球はぜひとも繋ぎ合され、くまなく網が張りめぐらされ、
> さまざまな種族、隣人たちは、融合し、融合され、
> 海は渡りつくされ、遠くのものは近くに引き寄せられ、
> 国ぐには一つに溶接されるべきだ（429）

この「神の意図」に「明白な神意」を読み取ることは可能であり、スミスやジミー・キリングズ

ワース（Jimmie Killingsworth）もそこに帝国主義的理想主義のエコーを否定しない。同時にキリングズワースはグローバル・ヴィジョンの開始としてその価値を認める。彼によるとホイットマンの世界は一世紀後にマーシャル・マックルーハンが「グローバル・ヴィレッジ」と呼んだものを想起させる。それは高速運送やコミュニケーションによって均質化し、近くなった世界である。また、「インドへの道」は「グローバル部族」への賛歌であるとも言う（Killingsworth 76）。ベッツィ・アーキラ（Betsy Erkkila）もこの箇所を「グローバルな民主的な共同体へと展開する過程」（268）と指摘する。そして西洋と東洋、人間と自然を融合し、世界を民主的な共同体にするのは神の子としての詩人の役割であるとホイットマンは次のようにうたう。

苛立つ子供のようなこれらの心はすべて鎮められ、
愛情はすべて十分に応答され、秘密は明かされ、
これらすべての分離と亀裂は埋められ、繋がれ、結び合わされ、
大地全体、この冷たく、感情のない、声もない大地が、完全に正当化され、
聖なる「三位一体」も神の真の息子である詩人によって、輝かしく果たされ、固く結びつけられ、・・・
「自然」と「人間」は絆を断たれて拡散することはもはやない
神の真の息子が無条件にそれらを融合する。（432）

自由や平等に基づく真の世界の融合は、神の子キリストに同一視された詩人のみが果たすことが出来る課題であるというのだ。その背後には、現実の政治経済にたいする深い幻滅が読み取れる。

◆「ブロードウェーの華麗な行列」

以上のように「インドへの道」においてグローバリゼーションのヴィジョンをホイットマンは提示するが、「ブロードウェーの華麗な行列」（"A Broadway Pageant"）においては世界がアメリカのなかに流入する様子が描かれる。この詩は、日米修好通商条約の批准を行うために、一八六〇年、徳川幕府によって派遣された外国奉行新見正興らの一行の到着を祝う詩行に始まる。

> 西の海を越えて日本からこちらへやってきた、
> 丁寧で、頬が日焼けし、二本の刀で武装した使節たち、
> 無蓋の馬車にもたれかかり、帽子をかぶらず、無表情で、
> 今日マンハッタンの通りをゆく。(271)

さらに、ブロードウェーを行列するのは通商条約を結んだ日本からの使節だけではなく、世界が流入すると次のように描かれる。

> しなやかで無口なヒンズー人があらわれ、アジア大陸そのものが姿を見せ、過去も、死者も、
> 不可解な驚異と寓意のあいまいな夜と朝の交錯、
> ・・・・・・・・・・・・・・・・・・・・
> 地勢、世界が、このなかにある、

大海、一群の島々、ポリネシア、その向こうの岸辺、(272)

交易が開かれアメリカから国境を越えて「ヒト、モノ、カネ」が流出する一方、世界からそれらがアメリカに流入するのである。とりわけ「ヒト」が行き来するなかで新たな「ヒト」が生まれる様子が次のように描かれる。

交易が開かれ、長年の眠りはその仕事を終え、
さまざまな国民が生まれ変わり、生き返る。(273)

アメリカは世界をアメリカ化＝グローバル化するが、アメリカ国内もまたグローバル化(世界化)するのである。これはホイットマンの生きた時代のことではあるが、今日的状況でもある。

西部の自然

西部開拓をある意味では肯定し、高らかにうたったホイットマンではあるが、カリフォルニアの地で、伐採されるアメリカスギについて「アメリカスギの歌」("Song of the Redwood Tree")と題する次のような詩を書いている。

カリフォルニアの歌、
遠回しな予言、空気のように吸っている実感がない思い、
薄れ、消えゆく森の精、あるいは消えゆく木の精の合唱、
土と空からつぶやくような、予言的な巨大な声、
アメリカスギの密林で死にゆく木の声。

さようなら私の兄弟たち、
さようなら空よ、さようなら汝近隣の川よ、
私の時は終わり、命は尽きた。

北の岸辺に沿って、
岩だらけの岸と洞穴からちょうど戻ってくると、
メンドシーノ方面の海から吹いてくる潮風のなかで、
低くしわがれた伴奏を基調とする大波と共に、
強い両腕で音楽を奏でるように撃ち込まれる斧の音、
斧の鋭い刃で深く裂かれ、アメリカスギの密林で、
私は巨木が死のうたをうたっているのを聞いた。（235-36）

ここでは詩人と木の声が交錯している。第二連の「私」は木の声である。他は詩人の声であり、西部の土地の開拓のため、そして木材の資源としての利用のため、アメリカスギが斧によって伐採される様子を描いている。そこには遺憾の念と罪の意識がある。

さらに、西部開拓が白人の手によって担われ、先住民が木材と共に消えゆく様子が次の詩行に読みとれる。

長い間予言された彼らのため、
より優れた人種、彼らもまた彼らの時を堂々と生きる彼らのため、
彼らのために私たちは退く、彼らのなかに私たちは身を任せる、あなたがた森の王たちよ、
彼らのなかに、これらの空や空気、これらの山々の峰、シャスタ、ネヴァダ、
これらの巨大な絶壁、この広がり、これらの渓谷、遠くのヨセミテ、
彼らのなかに吸収され、同化される。(236-37)

この詩行において、「より優れた人種」に「吸収され、同化される」というのは、人間による開発で自然が消えゆくこと、あるいは人間の管理下に自然が置かれることを意味する。しかし、いわゆる多民族国家における白人への同化理論も読み取れる。キリングズワースも指摘するように、赤い木、レッドウッド（アメリカスギ）を赤い人、インディアンと置き換えることは容易であり、そこには白人によるアメリカインディアンの迫害が含蓄されていると考えられる（69）。

クレヴクールがアメリカに理想的なメルティング・ポットのヴィジョンを見ながらも黒人差別に批判的であったのと同様、ホイットマンもまた、大衆民主主義を唱えながらも、西部開拓、先住民迫害のなかに、アメリカ民主主義の限界を見届けたといえよう。

終わりに

移民の流入と、グローバルな規模でのアメリカ合衆国の産業力の向上は、当時のアメリカ文学者にとって大きな興味の的であり、時として彼らはそれを賞賛した。同時に、クレヴクールやホイットマンが問題化した国土や自然との関係、環境意識の芽生えは、資本主義から環境主義への道を辿る上で、大きな接合点と分岐点を示してくれる。

第4章　ホイットマンと都市のエコロジー
――マナハッタというユートピア――

都市のユートピア

アメリカ最大の都市ニューヨークに定住し、「アメリカの最初の都市詩人」（Kaplan 107）と呼ばれるウォルト・ホイットマン（Walt Whitman, 1819-1892）はローカルな環境主義者でもあった。人生の大部分をニューヨークで過ごしたホイットマンのことを、ビュエルは「都市への再定住の可能性をイメージし始めるための環境主義者的意識のようなものを持ったフラヌール」（*Endangered World* 89）と語る。ホイットマンはジャーナリストとして、そして詩人として都市のエコロジーに関わった。自然の抑圧、貧困、犯罪、移民の流入、売春、不潔、不衛生そして伝染病の蔓延するディストピアとしての都市の現状の報告とその改革の必要を新聞記事で訴える一方、詩作を通して都市の理想を思い描く、エコロジカルなユートピアに想像的表現を与えたのである。

旧約聖書によると弟アベルを殺した兄カインは都市を建て、その都市を息子の名前にちなんでエノクと名づけた。以来都市は文明の象徴であると同時に悪の象徴ともなった。他方、キリスト教には「神の都市」の伝統があり、巡礼の父の一人ともいえるジョン・ウィンスロップは新天地アメリカへ向かうアルベラ号上においてアメリカを「丘の上の町」と呼び、ユートピアとしてのアメリカを都市のイメージで捉えた。このようにキリスト教的伝統においても、都市はユートピアの可能性を目指しながらも、それゆえにこそまた悪に陥る傾向にあった。

デイヴィッド・S・レイノルズ（David S. Reynolds）は、『草の葉』（*Leaves of Grass*）初版（1855）はアメリカで顕著に見られる党派、階級、人種の境界が様々な文化的領域の交流によって想像的に解決できうることを示唆した「ユートピア的ドキュメント」（*Whitman's America* 309）であると指摘する。ここでレイノルズが「ユートピア」的と言うとき、そこには党派、階級、人種の境界が取り除かれる平等で民主主義的空間が想定されている。フィリップ・フィッシャー（Philip Fisher）は今なおアメリカが新世界としての可能性を有する民主主義的な社会空間を実現できるところであるとした。都市への期待と不安、そして失望のなかで、ホイットマンは都市での平等をうたい、「民主主義的社会空間の詩学」（56-88）を描いたとする。

エコロジカルなユートピア想像／創造も自然環境との共生や他者との相互依存、そして民主主義の理念に深く関係すると思われる。本章は当時のニューヨークの状況を分析し、ホイットマンが新聞記者としていかに対応したかを考察し、「ブルックリンの渡しを渡る」（"Crossing Brooklyn Ferry," 1860）と「マナハッタ」（"Mannahatta," 1860）におけるユートピア・エコトピアの構築を見る。

当時のニューヨーク

　ホイットマンの生きたニューヨークはアメリカ経済の中心を担う産業都市として繁栄する一方、貧富の差や自然の抑圧、環境不整備など、資本主義の矛盾を露呈する都市でもあった。その巨大な富による支配力を国内でも批判する動向がみられるようになり、エドワード・スパン（Edward Spann）もニューヨークの抱える問題を「部分的にはその深い問題は古い職人のコミュニティを崩壊させた急速なビジネスの拡大に起因するもので、それはますます複雑に、非人間的で、そして競争的な不穏な新しい世界にとってかわりつつある」（17）と分析する。

　ニューヨークの経済的優勢は批判の対象となると同時にあこがれの的、そして夢となり、経済的な安定を求める人々が国内外から入り込んだ。ニューヨークは急速な人口増加を見たのである。ニューヨーク市の人口は一八二〇年の一二万三〇〇〇人から一八五〇年には五一万五〇〇〇人に増加し、一八六〇年までに一〇〇万人を超えたという（Reynolds, *Whitman's America* 107）。なかでもヨーロッパからの移民の増加が著しく、一八四七年から一八五四年の間に一七五万人がニューヨークに着いた。そのままニューヨークにとどまる者も多く、一八五〇年のニューヨークの人口のうち四五％が外国生まれであった。

　アメリカの他の地域からの移住者も多く、外国人ではない人口の四分の一がニューヨーク以外のところから移住してきた人々であった。他の地域からの移住者や外国からの移民の増加は、急速に成長する商業都市固有の個人主義や競争と相まって、互いに「見知らぬ人」が住む都市にニューヨークを変貌させた。スパンも「市民が互いに見知らぬ人である都市は他にないであろう」(19)と述べている。この互いに見知らぬ人が住む都市に疎外や相互不信、一体感の欠如があったのは当然である。

また、成功する者とそうでない者、すなわち貧富の差が顕著になり、華やかなブロードウェーとファイヴ・ポインツのスラム街にいたる二極化の傾向が強くなった。ファイヴ・ポインツは文字通り五つの通りが交わるところにあり、近くにはコレクト・ポンドがあった。この池は汚染したために水が抜かれ、埋め立てられた。だが埋め立てが完全ではなく浸潤し、沼沢地のようになった。蚊などの虫が飛び回り不潔で不衛生な場所となった。土地の値段は下がり、ここに住んでいた中流階級の人々は移動し、貧しい移民やアフリカ系アメリカ人の住むところとなったのである。移民ではジャガイモ飢饉のため一八四〇年代に大量にやってきたアイルランド人が多かった。是正されるべき環境的人種の格差は一段と増し、現在の環境正義のテーマはすでに始まっていた。

ファイヴ・ポインツのスラム街のみならず、ニューヨーク市全体が人口過剰や経済性優先の方針によって衛生状態が非常に悪化するという事態に陥った。下水汚染や不潔な街路にスパンは次のようにコメントしている。「驚くべき富と権力の都市ではあるが、同様に驚くべき不潔の都市が発展した。それはゴミの山に埋もれた輝く宝石だ」(137)。

この状況に対して市は環境衛生改革にのりだした。クロトン・システムによる下水の整備や厚生省の設置である。また一八一一年の街路計画によって失われた自然に対しては、フレデリック・ロー・オムステッドがセントラル・パーク建設を計画することによって緑化運動を推進した。セントラル・パークは貧富の差を問わずあらゆる階層の人々が自然を享受できるように設計され、都市改革の大きな推進役を果たすことにもなった。ホイットマンが一人の環境主義者として新聞記事を書き、文筆家として活躍したのはこうした時代を背景としていた。

ブルックリンとジャーナリストとしてのホイットマン

ホイットマンが少年期を過ごし、後にマンハッタンとの間を往来するようになったブルックリン（当時は独立した市）もマンハッタンほどではないが、急速な都市化の運命をたどる。一八二〇年には五二一〇人だった人口も南北戦争までには二〇万人をゆうに超えるまでに増大した。ブルックリンの人口増大の主な理由は、マンハッタンの人口が増大するにつれ、マンハッタン外のブルックリンに人が流れ出、郊外のブルックリンに人が流れ出、通勤するようになったためである（Andrews 188）。

図一　チャールズ・デーナ・ギブソンによる「ブルックリンの街の風景」

ウィン・トマス（Wynn Thomas）によると、裕福な中産階級の人々が税金の安いブルックリンに移り住んだ（106）。トマスはチャールズ・デーナ・ギブソンによる「郊外のピクチャレスク的」絵を彼の書物の挿絵にしている（図一）。スパンもニューヨークの高い税金、途方もない家賃、ひどい住宅事情、惨めな社会状況からのがれてくるビジネスマンや熟練工など、経済的にはある程度余裕のある人々をブルックリンはひきつけたと指摘する（186）。

ところが、ホイットマンにとっては幼少の頃は全くの田舎であったブルックリンが次第に人口過剰になるのが耐え難かったのだろうか、「そこでは狭い土地に板張りの家が詰め込まれて建てられた」と『イーグル』紙に長い論説を書いている（Reynolds, *Whitman's America* 107 に引用）。

ニューヨーク（マンハッタン）であれブルックリンであれ、ホイットマンは新聞記者として環境の不整備や環境不正義に再三目を向けるようになる。道路の舗装、ゴミの除去、街灯の設置、下水の整備、街をうろつく豚や牛などの家畜の排除などについて、新聞記事を書くホイットマンに公衆衛生改革者としての姿をみることが出来る。当時のニューヨークの街には豚がうろつきまわっていたが、当局は豚を捕獲することはあえてしなかった。豚はゴミを食べるので便利な清掃係だったからであり、制度化されたゴミの回収もなかったからである。ブルックリンという比較的清潔な都市についてさえ、ホイットマンは『ブルックリン・イヴニング・スター』紙で次のような論説を書いている。「私たちの都市には豚があふれていて、品位を踏みにじり、届くところにあるあらゆる食べ物をあさる・・・豚、犬、そして牛は通りから追放されるべきだ」（Reynolds, *Whitman's America* 108 に引用）。

また、下水は原始的で、飲料水は生ゴミや糞尿がちらばる街のポンプからきているので、ブルックリンの人々は徐々に毒されるのではないかとホイットマンは心配した。「大都市でのあらゆる汚物の蓄積を想像せよ・・・こうした多量の退廃したものの絶え間ない補充、名づけえぬそして量りえぬ泥、それは無数の穴を通って大地に浸透し、必ず近くのポンプの水に入り込み、脈管系の一部に落とされた一滴の毒のように全体に回る」（Reynolds, *Whitman's America* 108 に引用）。

ニューヨークでは一八四二年にクロトン水道が創設され、都市の水の衛生問題に取り組み始めたが、ブルックリンではるかに遅れていたという。舗装されない通りは天気によっては泥や埃の原因となり、この点はマンハッタンのほうが悪かったとホイットマンはぼやく。その他ホイットマンは公共の場での喫煙やつばを吐くことに反対する運動、危険で不健康な労働条件に反対する運動も行った（Brasher 181, Buell, *Endangered World* 94）。

「ブルックリンの渡しを渡る」

都市環境の改革を訴えるホイットマンのジャーナリズムの対象は通勤路であるフェリーにも及んだ。スパンによると一八六〇年にイースト・リバー・フェリーは一年間で三二八四万人の乗客を乗せたという（187）。ホイットマンはフェリーの料金の値下げを要求したり、フェリーが時間通りに走行することを要求した。乗客に対しては、船内での喫煙やつばを吐くといった不衛生で礼儀を心得ぬ態度をとがめた。例えば一八四六年『イーグル』紙に「フルトン・フェリーへの言葉」という見出しで、「フェリーで渡る人の二〇人中一九人は、他の二〇人を形成する喫煙者やつばを吐く人によっていらだち、むかつき、うんざりしている・・・いかなる人も船上では喫煙を許されてはならない」（Brasher　51に引用）と述べる。

また、他の乗客を押し分けて急いでフェリーから降りる乗客を非難する一方、その人たちが船から川へ落ちたり、船とドックの間に挟まれたりする危険について憂慮した。フェリーの埠頭へいく道が急で曲がっていることに対する危険についても不平を漏らしている（Brasher 47-53, Buell, *Endangered World* 97）。

以上のようにフェリーの環境改善を望むホイットマンであるが、それは都市とその通勤手段であるフェリーに対する愛着、あるいは熱情からくるものと思われる。『ホイットマン自選日記』（*Specimen Days*, 1882）の「渡船に対する熱情」（"My Passion for Ferries"）において「渡船は、わたしに、真似の出来ない、流動する、無尽蔵の生きた詩を示してくれた」（25）と記している。

フルトン・フェリーは生きた詩であると同時に、詩作の題材ともなった。「ブルックリンの渡しを渡る」である。この詩は清潔で美しい理想的な都市をモデルにしたものであり、「すべての世界文学のなかで最初の大量輸送交通機関の偉大な文学的描写」（Buell, *Endangered World* 95）である。現実のフェリー同様、この詩においても多くの客が乗船しており、「何百人また何百人」（1:3）もの人が水路を渡ると描かれる。船に乗っているのは「家路につく」（1:3）人々であり、また「西の雲」（1:2）には「あと半時間で沈もうとしている太陽」（1:2）があることからわかるように、一日の仕事を終え夕方家へ帰る人々の乗る渡し船の様子である。船から見える夕陽にうつる大都市の光景、自然と調和する都市の美しさ、そして「私」と乗客との一体感、相互依存の感覚がうたわれている。

都市における人間疎外、相互不信は通勤という特殊な状況と美しい自然との交わりを通して克服される。仕事場での地位、役職、人間関係、収入を離れ、家庭での役割からも解放され、すべての乗客が同じ船に乗り家路につく安堵感が伺えて、まさに「心理的中間地帯」（Buell, *Endangered World* 99）ともいえよう。

乗客は互いに「見知らぬ者」ではあっても、都市での生活とは異なり、貧富の差や人種による住み分けや住居の大小もない。彼らが共有するものは川の流れであり落日の太陽の光である。詩人のペルソナ「私」と川の流れ、西の空の雲、落日の太陽とには明らかな一体感があり、また「私」は「群集のひとり」（3:24）であるという他の乗客との一体感が語られる。フェリーの乗客が「私」を含めて皆同様に川の流れや空を見、同じ手すりにもたれて立つからである。「時間も場所も」「隔たりは役に立たない」（3:20）と言う。過去、現在、未来を流れる川、必ず昇りそして沈む太陽のように、人々の結びつきの感覚は時間や空間を超える普遍的なものとして描かれる。

万人が未来永劫に享受する自然のイメージがさらに夕暮れの「カモメ」、「ホタテ貝の貝殻の縁の形をした波」（8:93）となってうたわれ、「私」と群集を「結びつける」絆となる。「マストに縁取られ」（8:92）美しい海に囲まれるマンハッタン、それは理想的な「都市と自然の融合」であり、「神秘的な都市的中間風景」（Machor 180, 183）であると同時に、「時間と空間の外」にある非現実的なトポスでもあり、ホイットマン的ユートピアの空間でもあったといえよう。

第九節では水に映る夕陽の光がすべての人の頭から同様に放射されることが、「放射せよ、光のみごとなスポークよ、陽の当たる水中の私の頭の形から、あるいは誰の頭の形からも！」(9:116)とうたわれる。水に映る「私」の頭と他の乗客の頭から同じように放射する夕陽の光は「平等な民主主義」、「民主主義の後光」(Thomas 99)と解釈でき、船のなかの人々の平等な一体感を十分に反映している。トマスが指摘するように、水と光が「瞑想」(1: 5)と結びつく同時代のルーミニズムの影響もあると思われる。炎の燃え上がる「鋳物工場の煙突」(9:119)という産業文明の象徴でさえ、「魂」を被う「必要な被膜」(9:121)となる。

工場の煙突だけではなく、産業化の進んだ都市における不潔、腐敗や堕落、不信、悪徳といった他の「暗い部分」(6:65)にもホイットマンは目を向ける。それは、他人だけではなく、「私」にもそなわるものとして「豚は私のなかにいる」(6:75)とうたう。ホイットマンは都市のディストピア的な一面すなわちマイナス面を十分に認識し、ジャーナリズムにおいて路上の豚は排除されるべきだと主張した。しかし、ここでは、「豚」や「悪」は「私のなか」に存在するものであり、自己と他者、人間と自然、あるいは動物との亀裂を埋めるものとして作用する。

ホイットマン自身をはじめとしてすべての人にそなわる暗い部分の認識を出発点とした庶民同士のユートピア的な相互理解が語られるのである。それは、現実の環境改善ではなしえることのできない、レオ・マークス(Leo Marx)のいう「産業化したパストラル的理想」(222)のヴィジョンである。ホイットマンは詩作において現実的な環境改善を訴えつつも、夢見るユートピア主義者の相貌も持ったのである。

マナハッタとしてのニューヨーク

◆「私自身の歌」（"Song of Myself"）

ホイットマンと同時代には、ジェームズ・ラッセル・ローウェル (James Russel Lowell) やヘンリー・ワズワス・ロングフェロー（Henry Wadsworth Longfellow）など教養のある上流の詩人が活躍した。彼らとホイットマンが相容れなかったことは言うまでもない。ローウェルは「ホイットマンは荒くれ者、ニューヨークのごろつき、のらくら者、下品な所を訪れ、タクシーの運転手の友達だ」（Reynolds, *Whitman's America* 106 に引用）と警告した。また多くのニューヨークの教養人は『草の葉』に身震いし、ホイットマンを野蛮だとみなしたという。

彼はニューヨーク最初の対抗文化的存在であり、自由奔放なボヘミアンと交わり、中産階級の道徳に反対した（Burrows 710）。実際の都市での生活体験をもとに「私自身の歌」では、都市の賑わいを「舗道のおしゃべり、荷車の輪金、引きずって歩く長靴の底、散歩の話」（8:154）とリアルに描く。

「ブルックリンの渡しを渡る」で「暗い部分」として語られ、実人生でもごろつき、のらくら者として知られるホイットマンは、「私はのらくらとして私の魂を招く／私はくつろいで寄りかかりのらくらとして夏草の若芽を見る」(1:4-5) と自らを語る。「のらくら者」(loafer) は文字通りフラヌールを連想させるし、ソローの「歩く」(walking)、あるいは「のらくらする」（saunter）と通底するものである。

いずれも生産性や経済性を重視した労働観から乖離し、スピード化する産業社会に対抗し、自然や精神的なものに心を留めるものである。ソローがウォールデン湖のほとりで小屋をつくり、鳥の声に耳をかたむけ、草や果実に目を留めたのに似ている。資本主義や物質文明を批判し、それゆえの労働倫理や節制、禁欲、人間疎外、社会的不平等に対抗するものである。また、「そして私が当然と思うことをあなたは当然と思う／なぜなら私に属する原子はあなたにも属するから」(1:2-3)に見られる私とあなたとの一体感や、くつろいで寄りかかりながら夏草を見る様は、「ブルックリンの渡しを渡る」においてフェリーの手すりによりかかりながら川の流れを見ることによって達成される一体感と類似している。

第二四節でも同じ主題が次のように歌われる。「ウォルト・ホイットマン、一つの宇宙、マンハッタンの息子／荒くれで、肉づきがよく、官能的、食べ、飲みそして生み増やす／感傷的ではなく、男や女を見下したり、離れていたりはしない」(24:497-99)。有名な一節であるが、マンハッタンに居住する庶民の一人、群集の一人としての自己がよく定義されている。

またホイットマンはそのカタログ的手法によって、都市の脱落者、貧者、黒人、売春婦、インディアン、狂人、来たばかりの移民、行商人、大統領を並置し、あらゆる人を自我のなかに取り込むことによって、あるいは自我をあらゆる人のなかに滑り込ませることによって平等と民主主義をうたった。「一つの宇宙」「マンハッタンの息子」というマクロコズムとマイクロコズム、グローバリズムとローカリズム、あるいは個と多様性の交差するところである。孤立した自己から都市のフラヌールとしてのエコロジカルな自己への超個人的な経験への移行でもあったといえよう。ファイヴ・ポインツのスラム街の住人は無視され、到着したばかりのアイルランド人をターゲットとした移民排斥運動がおこる現実のニューヨークの社会問題に、ホイットマンが直接取り組んだわけではなかった。しかし、ディストピアとしての都市の厳しい現状認識と自らを庶民の一人と規定することによって、また、実際の生活体験に基づくリアルな描写に理念を混在させることによって、人種や貧富の差を超えた同胞愛や庶民を賞賛する意識を高めた。ホイットマンは社会的弱者を感傷的に見下さず、彼らが人間として持つ固有の権利を認め、それに詩的表現を与えたのである。

◆「マナハッタ」

ニューヨークはもともと先住民の住むところであり、マンハッタンは先住民によってマナハッタと呼ばれていた。これはアルゴンキン族の言葉で「高い丘の島」を意味する。そこへオランダ人が、そしてイギリス人が入植する。英蘭戦争に勝った当時のイギリス国王チャールズ二世が弟のヨーク公にこの地を与え、その名にちなんで、この地をニューヨークと名づけた。ヨーク公は暴君として知られる後のジェイムズ二世である。それもホイットマンがこの高圧的な名前を使いたがらなかった理由の一つであるという (Thomas 151)。ホイットマンは帝国主義と資本主義の餌食となる前のニューヨークを回顧するのである。

ホイットマンは生まれ故郷のロング・アイランドについてインディアン名のポーマノックを好んでいるが、ニューヨークについてもこのインディアン名を好んだ。「マナハッタ」と題する詩は

「私は私の都市のために何か特別で完全なものを求めていた、／するとほら！ 先住民の名前が心に浮かんだ」と始まり、次のように続く。「私の都市のその名前は古くからのものであることがわかる／すばらしく、豊かで、帆船や蒸気船によってまわりをすっかり囲まれ／・・・／夕方近くの早く豊かな潮流は私の愛するところ」(485)。

夕方の潮流、湾に浮かぶ帆船に囲まれた島の描写は、「ブルックリンの渡しを渡る」にうたわれるのと同じく美しい自然と調和するニューヨークの姿である。そこでの人々の生活の様子は次のようである。

都市の職人、親方、姿よく、美しい顔立ちであなたの目をまっすぐに見つめる、
群がる歩道、車、ブロードウェー、女、店と陳列場、
百万人の人々――自由で見事な態度――くったくのない声――
もてなし好き――最も勇敢で友好的な若い男、・・・(486)

ここに資本主義がもたらす個人主義的で非人間的な競争や移民を排除しようとする姿勢はない。「週に一万五千人から二万人やってくる」(485) 新参の移民は排除されるどころかもてなされるのである。

この頃フランスの空想的社会主義者フーリエの影響により、ユートピア的共同体がアメリカ北部に数多く出来たという。しかしホイットマンは一八四八年『クレセント』紙において、「フーリエ

主義についてはあまり知らない」(Reynolds, *Whitman's America* 142に引用)と無関心を告白する。生産様式や生活様式においては社会主義というよりは「職人」や「親方」といった言葉使いからもわかるように、昔の協同組合的共同体やアルチザン的なものを理想としていたようである。

これはまた、昔の先住民がマナハッタの海岸で貝をとり貝殻細工を作っていた頃のことをしのばせるものでもある。だがアンドルーズも指摘するように彼の詩はアナクロニズム(190)である。先住民も強制移動させられ、今は不在である。マナハッタは過去の失われたトポスであり、「草の上でのらくらしながら推測した」(「私自身の歌」33:1)幻想のトポスなのである。

おわりに——幻想のトポスの普遍性

「ニューヨークは群集を愛するが、私もだ。私は食べ物がなければやっていけないように、家、文明、人間の集合、会合、ホテル、劇場なしにはやっていけない」と、ホイットマンは『ニューヨーク・トリビューン』紙において都市への愛着を示す。また、ホイットマンは蒸気船や汽車など科学技術の進歩や物質文明に賞賛の意を表した。彼が不満としたのは物質文明に道徳が伴なわないことであった。『民主主義の展望』(*Democratic Vistas*, 1871)でも大都市の「華やかさ、生き生きとした有様」(232)に引かれながらも、都会に対する厳しい現状認識とそれに起因する絶望感が語られる。強盗、悪事、不貞、賄賂などが入り乱れる都会は「道徳の顕微鏡」で視れば「サハラ砂漠」(232)だという。物質文明を正当化する「精神文明」(266)や「人格主義」にもとづく民主主義が必要とされると言う。『ホイットマン自選日記』においては、アメリカの民主主義は「戸外の光や空気」、その他の自然とともにあるときに「快活で丈夫で健全である」（223）と述べる。ここには幼少期を過ごしたまだ田園的であったブルックリンへの感傷的な郷愁もあるように思われる。

しかし、ホイットマンは都市化を未来の方向として見据えていた。自然のある都市、環境不正義のない都市、社会的不平等のない都市は民主主義的な社会空間として、「いまだ新世界」の可能性を開く。但し、厳しい環境主義者の目を持ったホイットマンにとって、都市のエコロジカルなユートピアは「ブルックリンの渡しを渡る」で語られる「通勤」の船での「瞑想」やマナハッタという過去の失われたトポスとして、その詩作の中で普遍的可能性を志向しているのである。

第5章　レベッカ・ハーディング・デイヴィスの「製鉄工場の生活」における移民工場労働者の環境

はじめに

レベッカ・ハーディング・デイヴィス (Rebecca Harding Davis, 1831-1910) の「製鉄工場の生活」(“Life in the Iron Mills,” 1861) は、アメリカにおける産業化初期の工場労働者の酷使とそれに伴う環境問題を扱った作品である。例えば、ローレンス・ビュエルは『環境批評の未来』(*The Future of Environmental Criticism*) において、この作品をハーマン・メルヴィル (Herman Melville) の「乙女たちの地獄」(“The Tartarus of Maids,” 1855) と共に、「産業化初期のヨーロッパ系アメリカ人が、工場における白人労働者の酷使を描いた」(119-20)、広義の「環境正義の文学」(119) としてあげている。デイヴィッド・レイノルズは「『製鉄工場の生活』は労働者階級の惨めさを描いた力強い説明で独特の暴露小説として復活した」(*Beneath* 411) と述べる。

また、『アメリカ文学ヒース・アンソロジー』(*The Heath Anthology of American Literature*) において、ジュディス・ローマン・ローヤー (Judith Roman-Royer) とエレイン・ヘッジズ (Elaine Hedges) は、「製鉄工場の生活」はアメリカ文学の新しい主題を捉えた先駆的功績、「国家の工場における産業労働者の過酷な生活」であると紹介する。そしてメルヴィルの「乙女たちの地獄」がそれ以前ではあるが手短に「アメリカの風景を変容させる産業構造の暗い内部を洞察する」(Vol. B, 2836)のみであると述べる。「製鉄工場の生活」はアメリカの産業資本主義初期における工場労働者の生活と工場を取り巻く環境問題——汚染、安全、健康、衛生、貧困、労働時間、ジェンダー、を取り扱った初期の作品であり、その点を評価されながらも、十分に考察されることなく今日に至っている。

デイヴィスの描く製鉄工場では、移民や女性が劣悪な条件と環境の下で働く。主人公ヒュー・ウルフの父親は、ウェールズ出身で、以前にはコーンウォールの錫鉱山で働いていた移民労働者である。ヒューは鉄道の線路を造るカービィ・アンド・ジョンズという圧延工場の溶鉱炉で攪錬夫や溶鉱炉番として働いている。デボラはヒューのいとこで、同じくウェールズ出身の女性である。彼女は綿工場で糸巻き機の職工として働いている。アイルランドからの移民も多く、窓からは「酔ったアイルランド人の群衆」が「近くの町、リンチバーグで作られたタバコを吸っている」(11)のが見える。ここでアイルランド人の群衆が労働者階級であり、社会改革期のアメリカにあって、飲酒、喫煙をしていることがわかる。ヒューが心を寄せるジェイニーもアイルランドからの移民である。製鉄工場は「悪魔の住処」(20)と呼ばれ、地獄のイメージを付与されている。以下、産業化初期のアメリカにおける移民工場労働者の環境という視座から作品を読み解く。

作者、語り手、読者

デイヴィスの「製鉄工場の生活」は『アトランティック・マンスリー』（*The Atlantic Monthly*）誌に最初掲載された。『アトランティック・マンスリー』誌は一八五七年に、エマソン、ロングフェロー、ホームズ、ローウェル、ホイッティア、ハリエット・ビーチャ・ストウらによってボストンで出版された雑誌である。雑誌の創設者同様、デイヴィスも中流階級出身のエリートであった。そして読者層も教養のある知的エリートであった。

中流階級出身デイヴィスが描く労働者階級の生活は、同じく白人中流階級出身のストウ夫人が『アンクル・トムの小屋』（*Uncle Tom's Cabin*, 1852）において描く黒人奴隷の描写のように、所詮感傷的なものにすぎないという指摘もある（Lang 128-42）。しかし、この作品は産業資本主義初期の工場労働と環境という問題を移民や女性の観点から扱った作品であり、エリート知識人読者を工場労働者の世界に誘うものである。

デイヴィスを再評価し、伝記的解釈をしたティリー・オルセン（Tillie Olsen）によると、雑誌社や読者からの評判はよかったという。デイヴィスはボストンを訪問した際、『アトランティック』の人々、すなわちブラーミンたちに敬意を表され、賞賛され、高く評価されたという（Olsen 103）。セシリア・ティチ（Cecelia Tichi）も「『製鉄工場の生活』は労働条件について中流階級を教育することを求め、合衆国での産業小説のジャンルを確立した」（21）と述べる。

語り手は読者に物語の冒頭において、次のように語りかける。

私はあなた方にこのようにして欲しい。あなた方の嫌悪感を隠し、きれいな衣服にはかまわず、私と一緒に降りてきて欲しい。ここ、この煙と泥と悪臭のなかへ。あなた方にこの物語を聞いて欲しい。この悪夢の煙のなかに、何世紀も黙ったままの秘密がある。私はあなた方にそれを現実と捉えてほしい。あなた方、エゴイスト、あるいは汎神論者、あるいはアルミニウス主義者は、丘をまっすぐに進むのに忙しく、はっきりとは見ない。それはここの人々が答えようとして気が狂い死んでいったこの恐ろしい疑問。私はこの秘密を言葉にしようとは思わない。それは黙して語らない。（13-14）

語り手、読者ともに中流階級であることが、「きれいな衣服」「降りる」といった描写からわかる。また、読者を「エゴイスト」「汎神論者」「アルミニウス主義者」とし、自らの事に忙しく、労働者の生活は見ないとも言う。

ジーン・ファエルザァー（Jean Pfaelzer）も指摘するように、「製鉄工場の生活」は、デイヴィスが黙する「秘密」を語る試みであり、産業労働の現実の言語に絶する本質を表現するのに芸術的言語を模索する努力である（24）。一人称語り手の語りは作者デイヴィスの声でもあるのだ。

作品は現在のウェスト・ヴァージニア州、ホイーリングを舞台にとっている。ホイーリングでは、繁栄する中流・上流階級の人々のみが小奇麗な家々のある地区に住んでいる。そのことは一八五〇年代初頭に『写真の合衆国』(*The United States Illustrated*) に発表された「ヴァージニアのホイーリング」("Wheeling in Virginia") と題する美しいリトグラフ版画（図二）に表れているとロバート・E・エイブラムズ (Robert E. Abrams) は指摘する（119）。版画に表されているホイーリ

図二 「ヴァージニアのホイーリング」

ングは、くっきりとした輪郭の家々が並ぶ小さな住宅地で、安定と秩序を物語る幾何学的に正確な形態が描き出されている。

それに反してデイヴィスの暗く不確かな美意識は、曖昧な基調と、見るのが困難な本質の陰気な環境に及ぶという（Abrams 119）。そこでは「ちらちらするガスがあちこちと不確かな空間を照らすのだった」（19）。ものは「壊れ」「散らかり」「汚く」「ばらばらになっていた」（12-13）と描写される。この薄暗く腐朽するところでは、目に見えるものの文化的に書かれたテクストは断片的となり、見るには不確かで困難となるとエイブラムズは続けて言う（119）。

ファエルザァーも「超越主義は男性的エゴイズムと内部崩壊する精神主義の哲学であり、文学を平凡なものの上に浮かべる」（25）とする。「平凡なもの」は「現実」と置き換え可能であり、「工場町で引き起こされる社会的環境的腐敗の責任は一部にはロマンティシズムの自己中心的な傾向にあり、それは『アトランティック・マンスリー』誌の読者や工場の訪問者といった中流階級を盲目にし、産業化によってもたらされる個人的・環境的破壊の現実を見えなくしている」と指摘する（40）。良好な環境に住む中流・上流階級は超越主義やロマンティシズム的傾向を持ち、現実のスラムの世界へ目を向けることはないのである。「製鉄工場」の読者は、超越主義やロマンティシズム的傾向を持つ中流・上流階級の人々である。デイヴィスは、彼らには不確かで見えない腐朽した暗いスラムの世界、沈黙した秘密の現実の世界、リアリズムの世界へそのような読者を誘うのである。

歴史的背景

デイヴィスは一八三六年、五才の時に両親と共にホイーリングにやってきた。ホイーリングは今日ではウェスト・ヴァージニア州にあるが、当時は南北の境界州であるヴァージニア州にあった。オハイオ川に臨み、ホイーリングはガラスや鉄製品の製造のための鉄や石炭、白砂を多く産出した。シャロン・ハリス（Sharon Harris）は作品の歴史的背景を、「ホイーリングはかつて農業共同体であったが、急速に産業化に向かった。一八三六年には市の端に鋼鉄工場が象徴的に建設され、それは彼女［デイヴィス］の想像力を捉えただけでなく、彼女にアメリカの生活の現実を暴露することが必要だと思わせた」（21）と紹介する。

クローディア・ジョンソン（Claudia Johnson）も作品の歴史的・社会的背景を簡潔に捉えている

(63-66)。彼女によるとホイーリングは南部と北部を結ぶ交通の中心地であった。一九世紀初めには一四二マイルのナショナルロードが開通し、一八四〇年代後半には、バルティモア・アンド・オハイオ鉄道が市に開通した。一八一二年戦争後、産業はホイーリングで栄え、一八三二年にオールド・トップ・ミルとして創設された有名な工場は釘を生産した。そこでホイーリングは「釘の町」というニックネームで呼ばれるようになった。

一八四〇年代と五〇年代には製鉄所が建設された。主なものは圧延工場であり、そこで線路のような鉄製品を生産するために、大桶のなかで銑鉄を火で精錬した。一八六〇年までに、ホイーリングの圧延工場の数は合衆国で三番目に多いものとなった。工場の片側には精錬炉と溶鉱炉があった。ヒュー・ウルフのような攪錬夫は、三〇〇ポンドもの溶解した銑鉄を精錬された鉄のボールになるまで約三〇分間攪拌した。一般に攪錬夫は乾燥した熱のために、熱射病、極度の疲労、筋肉の痙攣、目の悪化、皮膚の裂傷を患った。

ガラス工場や製鉄工場で燃やす石炭による汚染はひどいものであった。硫黄の煙が労働者の肺を侵し、何マイルも空気を汚染した。石炭の煤が木々や建築物を覆い、煤からの逃れ場所はなかった。昼間でも太陽はほとんど見えず、夜は星が見えなかった。労働者の多くは呼吸器系の病気、肺炎、慢性肺炎、あるいは有毒な煙や鉱物の粒子を吸い込んだために起こる肺病を患い、死んだ。

工場町では、移民労働者とりわけアイルランド系が多かった。アイルランド系移民は鉄道で働く者が多く、ヒューや彼の父親のようなウェールズ出身の移民は、典型的に圧延工場で働いた。アイルランド系の女性は綿工場で働く者が多かったが、その他の民族の女性も綿工場には多かった。ハリスによると、綿革命はプランテーション農業を営む南部においても産業化した北部においても、発展のための重要な要因であった。増加するアイルランド系移民に対しては反感も強く、一八五〇年代に移民排斥団体であるノーナッシング党が結成された。

また、デボラの境界州での労働は南部の奴隷制と関連づけられる。ハリスによると、一八三一年までには五八〇〇〇人の綿工場の労働者のうち約七〇％を女性が占めた。これらの女性はほとんどが白人であったが、彼女たちの生活は女性黒人奴隷の生活と変わらなかった。綿の製造が合衆国産業の第一位を占めていたにもかかわらず、劣悪な労働条件や労働環境は改善されないままであった（Harris 32-33）。

エイブラムズもデイヴィスの「製鉄工場の生活」とフレデリック・ダグラス（Frederick Douglass）の自伝を比較考察する際に、南北戦争以前のアメリカにおける奴隷制と労働者階級の貧困の類似を指摘し、北部の資本主義と南部の奴隷制のイデオロギーには共通するもの、「共犯」関係があるとする（Abrams 108）。

鉄工業での最初の労働者ストライキは、一八三五年フィラデルフィアで行われたが、労働時間を一日一〇時間に短縮することを求めるものであった。一八五〇年代になって始めて攪乱夫がピッツバーグで労働組合の組織化を始め、賃金の改善などを求めた。一八六一年には製鉄労働者の平均賃金は週一二ドルにまで改善された。ホイーリングの攪乱夫は一八六〇年代には組織化の試みをし、デイヴィスの小説が発表されて六年後に、二つの労働組合が創られた。真の意味において、この小説は南北戦争中やその後にエスカレートした労働条件の改善を求めた大きな労働闘争の下準備となった（Johnson 65-66）。

また、貧困、飲酒、喫煙、売春、犯罪、無知文盲といった社会問題に対して、改革運動が進められており、その担い手は主にプロテスタントの中流階級であった。一八二六年にはボストンで禁酒教会（American Society for the Promotion of Temperance）が設立され、一八七四年にはキリスト教婦人矯風会（Woman's Christian Temperance Union）が結成された。さらに、日曜学校組合の設立、監獄、精神病院の設立、公教育の充実が計られた。デイヴィスは特定の改革運動とは関係なかったが、「教育、社会改革、そしてキリスト教プロテスタントの信仰を通して、社会の改善を主張した」（203）とティチは指摘する。

環境汚染

デイヴィスは産業化がいかに自然環境を破壊し、人間の肉体と精神を破滅させるかを作品において描いた。大気汚染も深刻なものとして描かれる。「空は夜明け前に沈み、濁り、のっぺりと広がり、動かない。空気は重く、押し合う人々の息でひんやりとしている。私は息が詰まりそうだ」（11）と、語り手は製鉄所のある町の曇った日の描写で物語を始める。煙や煤は次のようにあたり一体を覆う。

この町に特異なのは煙だ。煙は製鉄工場の巨大な煙突からゆっくりと折り重なるようにむっつりと出てくる。そして泥深い通りの黒く汚い水溜まりに降りる。波止場にも煙が、薄汚れた小舟にも煙が、黄色い川にも煙が。家の玄関、二本の色あせたポプラ、通行人の顔に油でねとねとの煤となってべったりとくっついている。(11)

工場からの汚染は、天使像や鳥かごのなかのカナリヤといった自然や芸術品も汚す。天使像の翼まで「黒く凝固した煙」(12)で覆われている。また、「そばの鳥かごで寂しく鳴く汚れたカナリヤ」(12)のイメージは、伝統的なパストラリズムや超越主義の含蓄を挫くものである。「緑の草原と日光はずっと昔の夢で、ほとんどすり切れてしまったと思う」(12)と語り手は語り、緑のパストラリズムは夢にすぎないことを述べる。ハリスは、ここにおいて効用を失った「夢」は、エマソン的超越主義の象徴であると指摘する。デイヴィスは、超越主義をアメリカの生活を潜在的に破壊する哲学であると非難し、現実へ目を向けることの重要性を説いたのである(Harris 30)。

川も汚染され、「どんよりとし黄褐色」で「小舟や石炭船の重みで疲れ、のろのろと」(12)流れる。語り手は川について、「黒人のような川は毎日毎日荷物を奴隷のように運んでいる」(12)と空想する。ここで、労働者の重労働と奴隷労働の類似が川の流れに喩えられているのが注目される。

川の流れは工場労働者の流れとも重ね合わされ、「人間の生活のゆっくりとした流れが夜も昼も巨大な工場へ向かっている」(12)と述べられる。しかし、川の流れと工場労働者の流れの重ね合わせは、語り手のとりとめもない空想であり、「ここで川の流れがよどみ、汚らしいからといって一体なんだ？」と語り手は、現実を直視し、自問する。

川を越えた向こうには、パストラル的風景があり、そこは中流・上流階級の人々が住むところである。川の向こうの方にはパストラル的風景が待っていることを川は知っていると、語り手は次のように言う。「向こうには香りの良い日光が待っている——趣のある古い公園、林檎の木の柔らかい緑で薄暗くなり、バラで赤く輝く——大気、草原、そして山が」（13）。

しかし、下層労働者階級にとっての現実は快適ではない。「今通り過ぎたウェールズ出身の攪錬夫の未来はそれほど明るくない。彼の汚い仕事が終わった後、泥だらけの墓場の穴にしまい込まれ、その後は、——空気も、緑の草原も、珍しいバラもない」（13）と語られる。パストラル的風景は、工場労働者には拒否されているのである。

蝕まれる心身

作品において、工場労働者は心身ともに蝕まれ、産業資本主義の犠牲者として描かれる。例えば、製鉄工場の労働者は機械に支配される。「製造業の町の住人でさえ、毎年毎年絶えず作動する巨大な機械の機構によって、労働者の身体が支配されることを、知る者は多くない」（19）と述べられる。機械の管理下にある労働者階級の者だけが、隠れた秘密の世界の地獄のような機械の力を知っているのである。中流・上流階級の人々は労働者階級のスラム街での生活を知らずに暮らしている。

さらに、労働者の労働の厳しさが軍隊の歩哨に喩えられ、次のように描かれる。

工場の労働者は軍隊の歩哨のように互いに助け合うように規則的に寝ずの番を交代する。夜も昼も作業は行われ、眠ることを知らないエンジンは呻き金切り声をあげ、金属が溶けて燃え立つように溜まり、沸き立ち、波打つ。一週間に一日だけ、公的批判に対する措置として、火は一部覆われるが、時計が真夜中の一二時を打つとすぐに、大きな溶鉱炉が怒り狂ったように再び沸き立つ。喧噪が再び息もつかぬ勢いで始まり、エンジンは『苦悩する神々』のように、すすり泣き悲鳴をあげる。(19)

ここでは、機械は擬人化されるだけでなく、神格化されている。
また、工場労働者の心身は次のように煙や煤で黒く汚染される。

鈍く、酔っぱらった顔つきでうつむき、苦痛あるいは狡猾さでここかしこ敏感になっている男たちの群れ。煙と灰で皮膚も筋肉も肉体が汚れている。夜中、金属の煮え立つ大釜の上に身をかがめ、昼は泥酔と非行の巣で休み、生まれてから死ぬまで煙と油と煤で充満した空気を吸い、魂にも体にも悪い。(12)

工場労働者の身体は汚染のみならず、飲酒、貧困による栄養不良、過酷な労働によって蝕まれていたのである。工場労働者たちの貧しい生活が食物や住居などでわかり、それは「彼らの階級にふさわしい生活」(15) であるとして、次のように描写されている。「絶えざる労働、犬小屋のような部屋での睡眠、腐った豚肉と糖蜜を食べ、酒を飲む――神と酒造家だけがどんな酒か知っている」(15)。彼らが住む家は六家族が借りており、ウルフ家は地下室の二室に住んでいた。「土の床は緑のぬるぬるした苔で覆われ」、「強い悪臭を放つ空気で息がつまりそう」(16)であった。

ヒューは、すでに「男らしい力や本能的な活力を失い、筋肉は薄く、神経は弱く、顔は(柔弱な女性のようで)やつれ、肺病で黄色くなっていた」(24)。デボラは「体に障害があり、背中が曲がって」(17)、「青ざめた」顔をし、「唇はもっと青く、両目はもっとうるんでいた」(16)。ジェイニーの顔は「やつれ青ざめ、眠気と餓えで両目は重い」(17)と描写される。

ヒューについては、彼は自らの「汚れた体、もっと汚れた魂」(30)を鏡に写し出されたかのように見る。そして、「泥が硬くこびりついた赤いシャツ」の腕のところを引きちぎって出てきた「下の肉は油と灰でどろどろだ。その下の心はどうなっている！　そして魂は？」(40)と語り手は述べる。

工場労働者の魂も肉体同様に飢える。「彼らの生活の恐ろしい悲劇・・・通りを行く酔ってたわいなくなった顔の下に毎日出会う魂の飢餓、生きてはいるが死んだも同然の現実」(23)と描かれる。この箇所に対し、オルセンは、「文学的アメリカの意識において、それまでは暗い悪魔的な工場はなかった。・・・産業を考慮すると、パストラル的調和への侵害であり、物質主義の精神への脅威であった」(88)とコメントする。産業主義は人間の身体だけでなく、精神や魂も汚し、飢餓状態に陥らしたのである。

女性工場労働者（像）

デボラはヒューと同じくウェールズからの移民であり、ヒューが作成するコールの女性像と共に、女性工場労働者についての問題を提起している。男性であるヒューが心身の汚れと飢餓に打ちひしがれ、最後は自殺するのに対し、女性デボラはもっと大きな心身の飢餓と苦痛に陥りながらも、その苦痛を受容し、克服する能力と強さにより、救われる。そして、デボラと重なりを見せるコールの女性像も救済の可能性を与えられる。

デボラは繊維工場の糸巻きのところに立ち一日に一二時間働く（19）。これはメルヴィルが「乙女たちの地獄」で描く製紙工場での女性労働者の労働時間と同じである。メルヴィルの語り手が訪れた製紙工場の経営者は、既婚女性よりも未婚女性の方が労働者としては望ましいとし、「毎日毎日、一日一二時間、三六五日」絶えず働く人以外には誰も雇用したくないと言う（Melville 334）。因みに、当時の工場労働者の一日の平均労働時間は一一〜一三時間以上であった（Eisler 28）。

デボラの夕食は、冷たくなったゆでたジャガイモと一パイントのコップにはいったビールで、それも朝から何も食べず夜の一一時になって初めて食べる食事であった（17）。彼女の「生彩のない生活、苦痛と飢えを圧倒する覚醒した無感覚、彼女の階級の典型」（21）と描かれる。

この無感覚の描写は、同じく移民工場労働者の苦境を描いたアプトン・シンクレア（Upton Sinclair）の『ジャングル』（*The Jungle*, 1906）からの次の一節と通底するものである。

麻痺させる、残忍な仕事だ。彼女［エルゼビエタ］に考える時間も何をする力も残さなかった。彼女は彼女が動かす機械の一部であり、機械には必要でないあらゆる能力は押しつぶされて消滅する運命にあった。残酷でつらい単調な仕事にはただ一つ慈悲があった——それは彼女に無感覚の贈り物を与えた。少しずつ彼女は麻痺へ沈んだ——彼女は沈黙した。（168）

ここで、ワイ・チー・ディモック（Wai Chee Dimock）の議論が注目に値する。ディモックは、デボラの最大の苦痛は身体的な剥奪や欠乏に由来するのではなく、ある種の優しさで扱われることに由来すると述べる。それゆえ、彼女は階級の典型かどうかは保証されないとする。デボラは物質的な諸条件の転写の成り下がりではないことを、次の文章が示していると指摘する（Dimock 95）。

活気のない、かすんだ目、そして鈍く疲れきったように見える顔の下に、・・・物語はない。また誰もそのかすかな印を読み取ろうともしなかった。確かに、半裸の溶鉱炉人夫のウルフはそうしなかった。それでも彼は彼女に優しかった。優しいのが彼の性質で、地下室に群れるネズミにまで、彼は優しかった。彼女にも同じように優しかった。彼女はそのことを知っていた。そして彼女の顔が無関心と無感動なのは、下層で無気力な生活のためというよりは、そのことを知っていたからであった。（22）

デボラの無感覚、無感動、無関心は下層労働者階級の生活だけが原因ではないことが、続く文章からもわかる。

この死んだような空虚な顔つきは、この上なくすばらしく、上品な女性の顔にも時々忍び込む。それも暖かな夏の日のなかで。繊細なレースと明るい笑いの下に隠された耐え難い孤独の秘密を推測できる。この女［デボラ］には温かさも、輝きも夏もない。そこで無感覚や空虚が彼女の顔を絶えず蝕む。(22)

ここにあるのは、階級には関係なく、愛を奪われた女性の孤独と空虚である。デボラはヒューを愛するが、ヒューの魂は「彼女の歪んだ体に対する嫌悪でうんざりしている」(23)。デボラは愛するヒューに喜んでもらいたいと思い、ヒューから「真の心の優しさを得る」(21-22) ことを望むが、その望みが叶うことはない。ヒューが愛するのはジェイニーである。ヒューのデボラに対する優しさは、特別な好意によるものではなかった。ネズミに対する優しさと同じ優しさをヒューに示され、デボラは感謝するどころか一種の気難しさを見せる。デボラの魂は「苦痛と嫉妬」(23) に苦しむが、その苦しみは中流階級である読者の心の苦しみの「旋律と一オクターブ違うだけで」大差はない (23)。

しかし、デボラには苦痛を受容する無尽蔵の能力がある。これは一見嘆かわしい事実ではあるが、見方を変えると、デボラにハリエット・ファーリー (Harriet Farley) やハリエット・ロビンソン (Harriet Hanson Robinson)、ルーシー・ラーカム (Lucy Larcom) が報じた陽気、快活、愉快に似た何かを与えるとディモックは言う (Dimock 95)。

彼女たちは、中流階級女性が家庭生活を重要視する家庭小説が流行する時代にあって、女性工場労働者の生活を肯定的に描いた。ファーリーは『ローウェル・オファリング』（*The Lowell Offering*）の書き手のひとりであり、ロビンソンは『機織と紡錘』（*Loom and Spindle*, 1898）を、ラーカムは『ニューイングランドの女性たち』（*A New England Girlhood*, 1889）を著した。彼女たちが描く女性には、家庭崇拝のイデオロギーの束縛から解放され、貧しいながらも自立する逞しさがある。

さらに、デボラは工場での鉄の燃えかすである灰との関連で描かれる。彼女は「灰の山」（34）の上で眠る。ヒューはデボラに「灰の山に横たわって眠れ」（21）と言う。灰は工場労働者に与えられた唯一の温もりであり、社会の進歩によって人間が受ける被害を象徴的に表す二〇世紀の文学的モチーフであるとハリスは指摘する（35）。

灰による惨めさと不毛性は次のように強調される。「弱々しく、汚いボロのように灰の上に横たわり、彼女は確かに惨めに見えた。希望のない不快さと隠された犯罪の場面を飾るにはふさわしくないとは言えなかった」（21）。語り手は、我々は「死で妊娠した」（14）世界へ入っていくと述べるが、デボラの姿がその世界を表している。彼女はヒューを愛しているが、その愛は報われることはない。ヒューの愛はジェイニーに向かい、灰の山に横たわって眠るデボラのゆがんだ体が妊娠することはないからだ。

しかし、この作品における灰は不毛のなかで温もりを保っている（Harris 35）。この温もりが「デボラの手足にしみ込み、痛みと悪寒を和らげた」（21）からである。灰の温もりだけが、デボラに与えられた唯一の温かさなのである。

ヒューは休憩時間に、女性労働者の像をコールと呼ばれる鉄くずをもとに彫刻する。コールの女性像は次のようである。

そのなかには美も優雅さもない。裸の女性で、筋肉質で、労働で堅くなり、力強い手足は何か痛烈な切望でみなぎっている。ある思いがそのなかにある。堅く張り詰めた筋肉、何かをつかもうとする両手、飢えたオオカミのような野性的で切望するような顔のなかに。（32）

コルセットに身を固め、母性の役割を与えられるのが当時の中流階級女性の典型であった。それに対し、デイヴィスは女性労働者像を描いた。それは、中流階級のロマンティシズムへの批判とも受け取れる。メイ博士もこの像を見て、「この骨張った手首、足の甲の引きつった腱をみよ。労働者の女性だ。彼女の階級のまさに典型だ」（32）と叫ぶ。

コールの女性労働者像の野性的な切望に物質的な条件を読み取ることは容易である。また「飢えたオオカミ（wolf）」とヒュー・ウルフ（Wolfe）の語呂合わせを考えると、作者ヒューの飢えを重ね合わせることも可能である。しかし、柔弱でやつれたヒューが、力強い女性労働者像を作成したのには、別の理由がある。自らの心身の弱さを認め、自らに欠く強さを像に込めたかったのではないか。

「コールの女性は飢えている」とヒューは言う。しかし、食べ物に飢えているのではないと言う（33）。ミッチェルも「肉体には飢えの兆候はない」（33）と言う。それでは何に飢えているのか。

ヒューは「わからない。・・・なにか生きていくのに必要なもの」と答える。ハリスはコールの女性が渇望するものは、ヒュー・ウルフの愛情であるとする（37）。ここにおいてコールの女性はデボラと重なりを見せる。コールの女性像には、何かを切望するなかに、デボラ同様、苦境を受容する能力と「力強さ」があり、ラーカムをはじめとする一連の女性作家が描く女性労働者の力強さや逞しさの系譜を引くものがあると言える。家庭崇拝のイデオロギーの下、家庭小説が流行した時代に、女性労働者を肯定的に描く文学が出現していたのである。

労働環境の改善

労働環境の改善のために、デイヴィスは社会改革の可能性を提案する。デボラがミッチェルの財布を盗んだ夜、ヒューの仕事場を訪れた人々は社会改革について議論する。ミッチェルは「高い賃金を求めてストライキを起こす」（38）脅威について言及し、さらに次のように述べる。「改革は必要から生まれるので、哀れみからではありません。・・・いつの日か痛切な必要から光りをもたらす者が現れます――彼らのジャン・パウル、彼らのクロムウェル、彼らの救世主が」（39）。

メイ博士もこの考えを受け入れ、「これら貶められた魂が上昇するために力が与えられますように」（39）と祈る。ミッチェルをはじめとする中流階級の人々の環境改善の究極的な解決方法は信仰であったのだ。デイヴィスは中流階級のキリスト教信仰を偽善的であるとして批判する。彼ら中流階級は「キリストの慈悲の優しい心で労働者のあいだに入っていったけれど、結局は彼らに憤慨し、冷淡になって帰ってきた人々」（15）であるからだ。

ところが、信仰は、語り手、ひいては作者デイヴィスの環境改善のための解決方法でもあった。それは、光と闇、昼と夜というキリスト教的二元論によって示される。語り手は小説の最後に彼女がこれからしなければならない仕事や楽しみ事を列挙する。「半ば出来上がった子供の頭、アフロディテ、森の葉の枝、音楽、仕事、家庭的な断片、そのなかにはあらゆる永遠の真実と美の秘密が宿る。すべてを予言している！」（65）。アフロディテや半ば出来上がった子供の頭の像は愛や母性を暗示する。「家庭的な断片」「部屋中にちらばったもの」は「昼の日光」（65）に属する。

他方、コールの女性像については、「このものを言わぬ悲しみの顔は夜の世界に属する」と述べられる。中流階級の女性は昼の光のなかで、母性と家庭生活を享受し、労働者階級の女性は夜の暗闇のなかで精神的かつ物質的飢餓に苦しむのである。

しかし、コールの女性労働者像には救済の可能性が含意され、小説は次のように終わる。「祝福の手のように冷たい灰色の光が突然その頭に触れた。そして手探りをする腕が雲の切れ間を通して、極東を指さす。そこではちらちらとかすんだ深紅のなか、神が暁の約束を定められた」（65）。光や暁は聖書において神の栄光や救世主イエス・キリストを表す。ここに中流階級に属する語り手やデイヴィスの感傷的なキリスト教が読み取れることは否めないものの、明るい未来への希望が示されている。

コールの女性労働者像には、作者ヒューの魂が込められており、語り手は「コールを彫刻した死者の精神」「オオカミ（wolf, Wolfe）のような顔」（64）が彼女を見つめると言う。そこにはヒューの「挫かれた人生、強烈な飢餓、未完成の作品」(64) がある。ヒューは窃盗の罪で投獄され、監獄で自殺する。しかし、自ら残したコールの女性労働者像という芸術を通して、ヒューは救われるのである。

デボラもまた、信仰によって救われる。デボラは、その名の由来を聖書の預言者に持つが、出獄してからはクエーカー教徒の女性によって救済される。デボラに救済の手をさしのべるクエーカー教徒の女性は、信仰や道徳改革に基づく社会改革についての作者の意図を反映しているように思われる。彼女はフレンド会コミュニティでデボラを慰め、新生活への希望を与える。ヒューが産業資本主義による搾取の犠牲者として死んでいくのに対し、デボラは救われる。

ジェイン・ローズ (Jane Rose) は、小説の最後に描かれるクエーカー・コミュニティは環境決定論の現実を肯定するもので、個人の精神が栄えることの出来る肯定的環境を社会が創造出来ることを主張していると指摘する (21)。「体の曲がった老女」デボラは、最後は「フレンドたちの集会所」で「謙虚な場所」(63) を占め、人々から愛されて静かな生活を送ることになる。

また都市を離れ、農業的な田舎での共同生活を理想とする原理が働いている。いかに環境が個人の肉体や精神にとって大切かを示すものであり、よりよい環境を作り上げることとの重要性が強調されている。そしてこの最後の場面はデイヴィスの小説の多くに見られる社会改革の意図が「女性的原理、感傷的な神学、精神的高潔さ、そして農業的家族共同体」(Rose 21) に基づいていることを示している。

終わりに

デイヴィスの「製鉄工場の生活」は、アメリカにおける産業資本主義初期の工場に関する環境問題──汚染、安全、健康、衛生、貧困、ジェンダーなどを扱っている。シンクレアの『ジャングル』がシカゴの食肉加工工業地区で働くリトアニアからの移民の体験を通して、当時の劣悪な労働環境と非衛生的な加工食品製造の過程を告発し、それが一つの契機となって一九〇六年の純粋食品・薬品法が成立したことはよく知られている。デイヴィスの作品もまた、労働組合の結成や賃上げ闘争、有害物質排出規制の誘因となった。

ティチはデイヴィスが「製鉄工場の生活」で提起した問題──階級間の衝突、労働条件、ジェンダー・アイデンティティ、芸術の教育と創作、移民、技術革新、そして精神的価値──は説得力のあるものであり、それらは二一世紀初頭においても、国家の最も重要で、当今の困難な問題を扱っていると結論づける（25）。デイヴィスによって提示された工場を取り巻く環境問題は、二一世紀の今日の問題でもあり、作品は環境問題に一石を投じ続けているのである。

第6章　メルヴィルの「乙女たちの地獄」における女性工場労働者の環境

はじめに

ハーマン・メルヴィルの「乙女たちの地獄」("The Tartarus of Maids")は短編「独身男たちの楽園と乙女たちの地獄」("The Paradise of Bachelors and the Tartarus of Maids," 1855)の後半である。この短編は二枚折り絵(ディプティック)小説と称され、前半のスケッチと後半のスケッチは対照的に併置される。しかし、労働や環境が問題とされる時、しばしば後半のスケッチは切り離されて論じられる。

ビュエルは、メルヴィルの「乙女たちの地獄」とレベッカ・ハーディング・デイヴィスの「製鉄工場の生活」とを併置し、「アメリカ北東部の女性工場労働者の自伝的物語」(119)とする。前者はアメリカ北東部ニューイングランドのマサチューセッツ州を背景とするが、後者は南北の境界州ヴァージニア州ホイーリングを舞台とする点で、また、いずれも女性工場労働者の自伝ではない点で、ビュエルの指摘は正確ではない。しかし、この二作を併置し、環境正義の文学と分類したことは注目に値する。

ジーン・ファエルザーもデイヴィスの作品を論じる際に、メルヴィルの「乙女たちの地獄」を「主流アメリカ文学における産業労働の最初の描写」（246）であると述べる。デイヴィスは女性作家であり、また非キャノン作家であるが、メルヴィルは主流アメリカ文学を担うキャノン作家である。マイケル・ポール・ロギン（Michael Paul Rogin）はこの作品を「労働者階級のスケッチ」（201）と呼び、レイ・B・ブラウン（Ray B. Brown）は「メルヴィルの社会批判」「苦悩の抗議」（227）とする。階級とジェンダーを再考したワイ・チー・ディモックは「女性労働者の身体の抑圧と剥奪」（85）の書とする。しかし、いずれも、歴史的、社会的背景を鑑みながら詳細に分析したものではない。

メルヴィルの作品は、デイヴィスの作品とは違い、いわゆるリアリズム小説ではない。メタファーやイメージ、象徴が多用されており、多くの批評家がそれらの分析、とりわけ性的メタファーを読み込み、分析する。

本章は、象徴やイメージ、メタファーの分析もしながら、社会問題を告発した書として「乙女たちの地獄」を詳細に検討することを目的とする。すなわち、アメリカにおける産業資本主義初期における女性工場労働者の仕事場を取り巻く環境問題——汚染、安全、健康、衛生、貧困、労働時間——を取り扱った最初の作品、環境正義の書として論じる。ただし、そこには男性語り手の視点があり、女性労働者の苦境を十分には理解しているとは言い難く、歴史的・社会的現実とのずれが読み取れる。

歴史的背景

一八世紀後半にイギリスで始まった産業革命は、一九世紀前半にはアメリカ合衆国に及び、革新的な技術や大量生産がもたらされ、機械の時代が到来した。一八一四年、フランシス・カボット・ローウェルは米国北東部マサチューセッツ州のウォルサムにアメリカでは最初の繊維工場を建設し、機織り機を導入した。彼の死後、彼の名前にちなんでローウェルと呼ばれる最初の工場都市が一八二四年に、ボストンの北西メリマック川岸に建設された。

ニューイングランドの女性工場労働者たちは、当初読書や文筆など知的活動を活発に行い、同人誌『ローウェル・オファリング』を出版した。雑誌は一八四〇年から一八四五年まで続いた。その諸作を編集し、序を書いたベニタ・アイスラー (Benita Eisler) によると、ローウェルでは七五％が女性労働者であった（15）。彼女たちは、マサチューセッツ州、ヴァーモント州、ニューハンプシャー州、メイン州などの農家の出身であった。週一・八五ドルから三・〇〇ドルの収入があり、女性が得られる収入としては最高であった。しかし、男性労働者には二倍の賃金を払わなければならないので、工場主にとっては都合のよい安価な労働力であった（Eisler 15）。工場で働く女性の年収は当時女性の仕事として多かった教師の仕事で支払われる給料の六倍から七倍であった（Eisler 16）。彼女たちは寄宿舎に住み、食事やベッドをあてがわれた。

イギリスの工場労働者の惨状を知るチャールズ・ディケンズ（Charles Dickens）、ハリエット・マーティノー (Harriet Martineau) やアンソニー・トロロープ (Anthony Trollope) はアメリカを訪れた際、そこでの工場労働者の生活が比較的恵まれているのに驚嘆した。例えば、トロロープは寄宿舎の十分な食事や理想的な制度に深く印象づけられ、「産業的ユートピア」（Eisler 36 に引用）と呼び、ディケンズもローウェルの頼もしい若さに感銘をうけた（Eisler 18）。マーティノーはアメリカの工場で働く女性たちの知性と美徳に感銘を受けながらも、寄宿舎の生活にプライバシーが欠如していることを遺憾に思い次のように述べている。「アメリカでは生活空間がずっと重要ではなく、家は大きく、工場で働く女性は教会を建てたり、図書を買ったり、知的職業につかせるために兄弟に教育を受けさせたり出来る。しかし、これら同じ女性がプライベートなアパートをもつことが出来ず、しばしば一つの部屋に六人あるいは八人眠り、一つのベッドに三人眠ることすらある」（Eisler 26 に引用）。

　初期には「牧歌的」であった工場での生活は、次第に深まる資本家と労働者の溝ゆえに、どんどんと悪化していった（Eisler 18）。一日の労働時間は長く、平均一一時間から一三時間以上に及んだ（Eisler 28）。女性労働者たちは労働時間の短縮を求め、一八四〇年代には一日の労働時間を一〇時間までに抑えることを要求する「一〇時間運動」を行った。それ以前の一八三〇年代はストライキが頻繁に行われた。衛生はひどく、屋内には給排水のための配管がなく、トイレは戸外にあり、労働者用飲料水の汚染はひどかった。入浴設備もなかった（Johnson 47）。次第に、移民労働者が増加し、一八三六年に七〇〇〇人の女性労働者のうち四〇％以下が外国生まれであったのが、一八六〇年までに、ローウェルの労働者の六一・八％が移民であり、そのうち約半分がアイルランド人であった（Eisler 29）。

繊維工場が主であったが、その他時計、鉛筆、マッチ、製紙工場も建設され、女性がその主たる労働力となった。メルヴィルが作品において描くのは製紙工場であるが、状況は繊維工場と同様であった。ジュディス・A・マゴー（Judith A. McGaw）は、ニューイングランド、バークシャー地方における製紙工場での機械化とそれに伴う社会変化を考察する際に、メルヴィルの「乙女たちの地獄」を文学作品の例として引用する。そして、メルヴィルの作品は当時の女性製紙工場労働者の生活を本質的に正確に描写しているとする(336)。製紙工場には男性労働者もいたが、女性は主に襤褸切れ部屋と仕上げ部屋で働いたという(338)。マゴーによると彼女たちの賃金は一八六〇年で、週三・二七〜三・九二ドルであり、男性労働者は五・五〇〜一〇・〇〇ドルと二倍以上であった（314, 343）。二一才以下の女性が女性工場労働者の四一％を占め、六四％の女性が未婚のままであった(345)。製紙工場の女性労働者は、繊維工場の女性労働者同様、産業化するアメリカにおいて搾取され、機械の奴隷となったことに対して、メルヴィルの作品は批判するとマゴーは述べる（335）。

メルヴィルの経験と想像力

作者メルヴィルは、一八五一年一月一一日にマサチューセッツ州、ドルトンにあるカーソンのオールド・レッド製紙工場を訪問している。一八五一年一月一四日付けで、妹オーガスタは姉ヘレン・メルヴィルにその旨を記している（*Correspondence*, 178）。製紙工場は、メルヴィルの住まいであるアロウヘッドから約五マイルのところにあった。「カーソンのドルトンＭＳ」と刻印した紙を用いて、友人エヴァート・A・ダイキンク（Evert A. Duyckinck）宛の書簡（一八五一年二月一二日付け）に、「そこでこの紙を橇一杯購入した」（*Correspondence*, 179）と書き付けている。作品はこのときの経験に基づいていると思われる。作品でも語り手は一月の終わりに橇で紙を購入に出かけたと記している。

作品には史実に忠実な記載も多い。例えば、作品で描かれる女性労働者は史実に違わず、「遠方の村からやってきた」（334）人たちであり、「労働者用の寄宿舎」（326）に住んでいる。作品では寄宿舎での詳細な生活は描かれないが、そこは「安っぽく、がらんとした風」で「わびしい表情」（326）をしていると描かれる。

また、この作品はメルヴィルが一八五一年八月にグレイロック山を登った経験にも基づいていると思われる。メルヴィルと共に登山をした友人ダイキンクが、妻へ宛てた書簡（一八五一年八月一三日付け）に、"Bellows' pipe," "Notch," "Hopper" と呼ばれる場所がグレイロック山には実在することを記している（Eby 97）。

作品において、グレイロック山はウォードラー（Woedolor）山と変更され、風の吹きすさぶ峠は「ふいご」（Bellows' pipe）から「狂女のふいご」（Mad Maid's Bellows'-pipe）へ、「ノッチ（渓谷）」（Notch）と呼ばれる「突然に収縮する峡谷」は「黒いノッチ」（Black Notch）へ、「漏斗」（Hopper）と呼ばれ、「漏斗の形をした深い渓谷」（324）は「悪魔の土牢」（324）と変更される。また、「緑の川」（Green River）の支流である川は「血の川」（Blood River）とされる（Eby 99）。

これらの変更にはそれぞれ意味があると思われる。例えば、山の名、ウォードラー（Woedolor）

はいずれも「悲しみ」を表す"woe"と"dolor"の合成であり、製紙工場で働く女性労働者の悲哀をよく表している。労働を搾取され狂おしく怒れる乙女たち同様、資源を搾取される自然は狂乱し、風の吹きすさぶ峠は「狂女のふいご」と呼ばれる。「ノッチ」には峡谷の他に女性性器の意味もあり、文字通り「黒い」と形容される。「血の川」は月経の血を思わせる。

作品にはその他にも性のイメージが多用され、機械による紙の生産過程が人間の生殖過程に喩えられる。これは作者メルヴィルの伝記的事情に起因すると一般には考えられている。ちょうど作品執筆中に妻エリザベスは四番目の子供を妊娠中であったからだ。しかも、第一子誕生から六年目のことであった(Dillingham 201-02, Howard 218)。子沢山の悩み、機械のように次々と子供が出来ることへの嘲笑、あるいは女性に課せられた妊娠、出産の重荷が作品の性的イメージとなって現れているのであろうか。性をタブー視したヴィクトリア時代にあって、妊娠や出産の過程を比喩や象徴で覆い隠す必要があったであろうし、攻撃的な機械と隷属的な女性を結びつけ、機械文明を批判したかったのであろう。

製紙工場内部の労働環境

語り手は製紙工場を巨大な「白塗りの墓」(324)と呼ぶ。これは新約聖書マタイ二三:二七からとられたもので、偽善者に対して、外側は美しいが内側は死人の骨や汚れたものに満ちているとキリストが戒めて言う言葉である。すなわち、製紙工場は外側は白塗りで美しいが、内部の実態はひどいものであり、工員を死に導くような労働環境なのである。

工場の内部では、女性労働者たちの劣悪な労働環境が描かれる。それは主として"blank"という英語で表される彼女たちの青白い頬と無表情によって語られる。「幾列ものがらんとした（blank）カウンターに無表情（blank）な娘たちが向かい、白い（blank）手に無味乾燥（blank）で白い折り機を持ち、皆、白い（blank）紙を単調（blank）に折っていた」（328）と描かれる。彼女たちの頬が青白く無表情に見えるのは、非人間的な労働に対する語りの誇張でもあるが、事実、彼女たちの肺は襤褸切れの糸くずで侵されていたのである。

当時、紙は襤褸切れの糸くずから作られており、女性労働者が刀剣のような鎌で襤褸切れを切り裂くのであった。襤褸切れ部屋で案内役のキューピッドと語り手が糸くずを吸ったために咳込みはじめた時、語り手は次のように記している。「細く有毒な粒子が空中にあふれ、それらは日光のなかの埃のように四方八方から肺の中へかすかに入ってゆくのだった」（329-30）。製紙工場の女性労働者たちは肺病を患い、死ぬ運命にあった。「こうした無味乾燥（blank）で、襤褸切れに埋もれた人生の肺病の蒼白を通って、これらの蒼白の娘たちは死へ向かう」（330）と述べられる。

作品の社会的背景を分析するクローディア・ジョンソンは、繊維工場や製紙工場では、糸くずのため肺病をわずらう労働者が多かったことを指摘する。さらに、工場で働く女性たちの多くは健康上の理由で家へ戻らざるをえず、一九世紀前半において七〇％の工場労働者が呼吸器の病気で死んだことを指摘している（48）。

機械によって指を切断される女性も多かった。糸くずだけではなく、「指も飛び交う」（330）と作品に記される。彼女たちは絶えず危険と汚染にさらされていたのである。労働時間も長かった。彼女たちは「一日に一二時間、日曜日と感謝祭と斎日を除いて、毎日毎日、三六五日働く」（334）と工場主は言う。

娘たちの青白い頬と無表情（blank）は、有毒な染料や単調で機械的な労働にも起因する。機械は比喩的に「鉄の動物」と呼ばれる。娘たちは「鉄の動物」に仕え、「バラ色の便せん」を喰わせる。その便せんには「ピストンのような機械が降下するたびに、片隅にバラの花環が刻印される」（328）のであった。娘たちの頬が青白いのに対し、紙の色がバラ色であるというのは皮肉である。ジョンソンによると、紙を染め刻印する染料は有毒であるが、当時は規制されていなかった。こうした有毒物質の使用も乙女たちの蒼白な顔色の原因であった（51）。

また機械によってフールスキャップ判の紙に罫線を引く仕事は「単調」（328）であるとされる。その単調さを避けるために、二人の娘たちはお互いの場所を変える。仕事の苦痛と単調は「罫が引かれたように皺のよった」（328）乙女の額によって表されている。さらに、高いところで働く危険も描かれる。別の乙女が狭く高い壇の上で、高い椅子に腰掛けて他の鉄の動物に餌をやっている場面である。彼女たちは「スルタンに仕える奴隷のように」機械に仕える奴隷であり、「機械全体についている歯車というよりは、機械の単なる歯車の歯」（328）にすぎないのである。

女性工員たちは工場において健康と健全な生活を奪われ、また、性愛をも奪われている。語り手が敬意を払うのは彼女たちの「蒼白な処女性」（334）であると述べられる。工場主は既婚女性を雇用しないが、乙女たちは結婚する相手もない。工場主もまた、老いた独身男であり、「オールド・

バッチ（Old Bach）」（330）と呼ばれている。襤褸切れ部屋にある大量の襤褸切れには「独身男たちの楽園」の寄宿舎から集められた古いシャツも混じっているが、ボタンがすべて取れてしまっているという。「独身男のボタン（Bachelor's Button）」は「矢車草」との語呂合わせである。言葉の洒落で、「悪魔の土牢は花が育つ所ではない」という。女性工場労働者たちは花の美しさと清新さを与えられることなく、そこから連想される結婚や健全な性愛を享受することはない。

代わりに生殖の役割を果たすのは、機械である。語り手を機械のある部屋へと案内するのは、皮肉にもローマ神話の愛の神、キューピッドである。彼は「赤い頬をし、元気よく見え」（329）、「残酷な心を持った不思議な無邪気さ」（331）を備えている。倒錯した愛である。作品は多くの性的イメージで貫かれている。例えば、機械の「ピストンのような縦型のもの」が「上下運動をする」（328）様は性交を暗示する。キューピッドが語り手を案内する部屋では、パルプが導管を通ってローラーやシリンダーに送られて紙が出来るが、そこには「二つの大樽」から「半熟卵の白味」のような白いパルプが導管を通って流れ込む。そこは「奇妙で、血液のような腹部の熱で息詰まりそう」であたかも「胚珠細胞が成長する」（331）ようであったと語られる。紙の生産過程が妊娠・出産過程に喩えられているのである。工場で働く女性たちは、劣悪な環境のもと、機械に陵辱され、人間性と生殖を奪われ、死へ向かうのみである。

製紙工場と自然

機械の出現は自然と相反する。それはレオ・マークスが『庭園と機械文明』(*The Machine in the Garden*) において論じるテーマである。彼によるとアメリカにおいては農業的過去へのノスタルジアがあり、「汚れない、緑の共和国、森林、村、そして農場といった静かな土地のかつての優勢的なイメージが幸福の追求に貢献する」(6)。機械の力は理想的なパストラル的風景を地獄に変えた。作品においても、製紙工場は「明るい農場と明るく輝く牧草地」(323) から離れたところに位置し、そこは地獄のように荒涼とし、暗く、冬は寒さが厳しいと描かれる。そして「悪魔の土牢」「ダンテ的地獄の門口」(324) と地獄のイメージが付与される。

川は「煉瓦色の濁流」をしており、工場からの汚染物質で汚れていることが示唆される。「狂女のふいご」と呼ばれる峠についても、マーヴィン・フィッシャー (**Marvin Fisher**) は、女性的自然に課せられた攻撃的な技術的搾取を読み取り、「感傷的な母なる自然ではなく人工的な生産のために自然の資源を搾取し使用する荒れ狂う力によって悪霊のようになった憤慨した力」(78) であるとコメントする。悪魔の土牢は、前述したように女性性器のイメージで描かれる。しかし、そこは荒廃しており、女性の身体が機械文明によって蝕まれ、健全な性が奪われていることを示唆している。

古い農業時代の痕跡を残すのは、「巨大な松や栂があたり一帯に生い茂っていた太古の時代」に建てられた「古い製材所」(324) である。製材所は長年にわたり放棄されていたので、今は腐朽している。この製材所と対照的に建っているのが、白塗りの製紙工場であり、「悪魔の土牢」と呼ばれる窪地の底からそれ程遠くないところにある。白塗りの建物は、「約二〇〇〇フィートにわたるいかめしい高台に絶えず繁茂する耐寒性の常緑樹や斜面のモミの木」を背景としてくっきりと浮かび上がっているのであった。アメリカの産業化と機械化の象徴ともいえる製紙工場が、いかに自然と調和しないかがわかる。

人工的に白く塗られた建物は、「リップ・ヴァン・ウインクルのライラック」("Rip Van Winkle's Lilac," 1924) の白塗りの教会を彷彿とさせる。作品は、ワシントン・アーヴィング (Washington Irving) の「リップ・ヴァン・ウインクル」("Rip Van Winkle," 1820) を下敷きに書かれたものであり、主人公リップが長い眠りから覚めて自分の家へ帰るというものである。そこに村人と画家の出あいと対話が挿入されている。画家は緑色に腐朽した廃墟を描こうとするが、通りがかりの村人は、新しい白塗りの教会を描くように言う。

村人が画家に描くようにと指さす新しい白塗りの教会は、典型的なニューイングランドの会衆派の教会であると思われる。村人は教会にかようピューリタンであり、その教会はピューリタン的功利主義、文明や進歩を象徴する。ピューリタン的功利主義が、資本主義経済下で生産性や実用性と結びついたことは、マックス・ウェーバーらが指摘するところである。ところが、このような価値観は死をもたらすとされる。白塗りの教会の塗料は「死んだ板」の上に塗られた白鉛であり、画家はその教会の白さを見て、「死体だ!」(328) と叫び、目をそむける。

「乙女たちの地獄」で描かれる製紙工場内でも、ピューリタン的倫理や美徳が重んじられ、勤勉、禁欲、長時間労働が奨励されている。そして、紙の生産性が重視される。

新しく建てられた白塗りの教会はリップの古びた家、「惨めな古い廃墟」(329)やキャッツキル山系の大自然と対置され、自然との不調和が語られる。人工の白鉛塗料は狩り出されたばかりの天然の白い大理石とは異質のものであるとも述べられる(328)。人工の白い塗料で塗られる「乙女たちの地獄」における製紙工場と「リップ・ヴァン・ウインクルのライラック」における白塗りの教会は、いずれも死と関連づけられ、文明や進歩に対する作者メルヴィルの批判を表していると思われる。

白塗りの墓

製紙工場は人工的に白く色塗られているが、雪や霜といった自然によっても白く彩られている。「雪が上に積もり、霜に彩られ、墓場と化している」(327)と語り手は独り言を言う。連想されるものはやはり死である。時は一月の終わりで、大変寒く、あたりは雪や霜で覆われていた。工場のある窪地全体も白い雪で輝いていると描写され、それは「雪で閉じこめられ雪で白くなった村落」(326)であると述べられる。山の頂は「霜で煙り」、「白い靄が白い木々の頂」から舞い上がり、馬橇の滑り金は「ガラスのようなこっぱみじんの雪」(325)をきしらせながら進む。

雪や霜の白さゆえに、山々はそこで遭難した人々の死体のための「経帷子」をまとっているように見えるという。白は経帷子や冷たく血の気のない死体の色である。語り手が製紙工場を雪と霜に彩られた墓場と捉える時、厳しい寒さと経帷子の白さが念頭にあったと思われる。

ところが実際は、戸外の寒さに反して、工場のなかは暑く湿度が高い。キューピッドは語り手を「奇妙で、血液のような腹部の熱で息詰まりそう」な部屋へ案内する。そして、語り手が機械部屋の熱に閉口しているのではないかと心配し、「暑すぎはしませんか」(334)と尋ねる。ジョンソンによると、当時、繊維工場や製紙工場では機械が作動しやすくするために、一定の湿度が保たれていた。窓は閉め切られ、換気もされず、熱もこもったままであった。その結果、肺病、インフルエンザ、腸チフスなどの病気が蔓延した(47)。同様の記載をアイスラーもしている(28)。一九世紀においてローウェル病院で治療を受けた年間一六〇〇人の患者のうち半数が換気不良のために引き起こされる腸チフスを患っていた(Johnson 47)。なるほど寄宿舎は寒く、そこから出てきた娘は寒さで「青く」なっていたと描かれるが、彼女たちを死へ追いやるものではなかった。

工場の女性労働者を死へ追いやるものは、霜や雪、すなわち寒さではなく、湿気、汚れた空気、糸くずなど不衛生な労働環境であった。彼女たちの死に至る苦境を霜や雪の寒さと白さの連想のなかで捉えたのは、あくまで語り手の想像にすぎないのである。語り手が「雪が上に積もり、霜に彩られ、墓場と化している」とつぶやくのは、「記憶が欠けているもの」を「想像力の力添え」(326)で補ってのことであった。「暑すぎはしませんか」とキューピッドに尋ねられ、「むしろ寒いぐらいだ」と答えた語り手は、戸外から入ってきたばかりで、戸外の寒さの方がむしろ身に堪えていたのだ。中産階級の男性語り手は、自分が痛いほどに感じた厳しい寒さを工場の女性労働者たちの苦境と取り違え、工場の女性労働者の労働環境を地獄と認識した。彼女たちに共感しながらも、十分に苦境の現実を把握できないままであったのだ。

マーヴィン・フィッシャーは、語り手が製紙工場に気が付いたのは雪の「カムフラージュ」(83)を機械の騒音が突き抜けて聞こえたためだと指摘する。製紙工場は、外側を白い人工の塗料を塗っても、雪で覆っても、それは墓場のような内部の偽りの見せかけ・カムフラージュなのである。

白さと想像力

「白塗りの墓」は『白鯨』四二章の、「あらゆる神聖な自然は売春婦のように化粧をしており、その魅惑はなかの納骨堂を覆うのみである。・・・あわれな背信者は彼のまわりのあらゆる眺望を包む記念碑的白い経帷子を盲目的に見つめる」(195)という一節を思い起こさせる。また、『白鯨』最終章、「このとき小さな海鳥のむれが、まだ口をひらいている深淵のうえを、叫びながら飛びまわった。深淵の険しい側面には悲しげな白波が打ち付けた。それからすべては、崩れ、海の大きな経帷子は、五千年前にうねったと同じようにうねった」という一節とも通底するものがある。

エイハブと白鯨との壮絶な戦いと結果としての死を白波の下に閉じこめ、何事もなかったかのようにカムフラージュするのである。そして、ノアの洪水への言及により、神話化するのである。もし、現代の捕鯨員が地球の鯨を全滅させる手段を手に入れることをメルヴィルが予測していたら、この『白鯨』の終わりの文章を書き直していたかもしれないとビュエルは指摘する(*Endangered World* 222)。そこには「過度の想像力」(*Endangered World* 222)が働いているとビュエルは言う。

同様に、メルヴィルが女性工場労働者の苦境を正視し、それが産業資本主義下の大きな環境問題となることを真に知っていたら、彼女たちを雪と霜が積もる墓場の下に置かなかったであろうし、雪の経帷子を着せなかったであろう。語り手の想像力であり、作者自身の想像力の働きによるものである。

ところで、アメリカ文学の伝統によると、白色はしばしば無垢、純潔、善を表し、黒色は不吉で、暗く、悪を表す。しかし、メルヴィルはこうした一般的な含蓄や連想に疑問を差し挟んだ。例えば、馬の名は「ブラック（黒）」であるが、「良い馬」であり、「ミルク色の雄羊のように白い」（325）。メルヴィルにとって白と黒の持つ意味合いは相反するものではなく、むしろ白さの持つ意味の複雑な多様性が問題である。

『白鯨』その他において白さの意味をメルヴィルは問うが、この作品では製紙工場を「白塗りの墓」という偽善的な人工の白さで捉える一方、雪化粧をした自然の白さのなかでも捉える。人工的な白色と自然の白色は見分けがたい。それゆえに、当初、語り手は白い雪景色のなかで白色塗料を塗られた製紙工場を容易に見つけることが出来なかった。その大きな白塗りの工場は「途中で止められたなだれ」（326）のように横たわっていたからであった。ここでも語り手には、「なだれ」、すなわち厳しい寒さの方が印象的であったことがわかる。

最後、男性語り手はパストラル的な「農場」と「牧草地」へと戻り、乙女たちは荒涼とした山の窪地に建てられた地獄のような工場に残される。労働者階級の女性は劣悪な環境に不当にも置かれたままである。語り手は悪魔の土牢をあとにするとき、その厳しい寒さを印象的に語り、「不可思議な自然」のなかで「乙女たちの地獄よ！」（335）と叫ぶ。語り手は自らが痛いほどに感じた戸外での寒さを女性工場労働者の苦境と取り違えたのである。語り手は一見、女性工場労働者の苦境に共感を示すようであるが、実はそうではない偽善者であり、語り手は原義に立ち返る「白塗りの墓」であった。

終わりに（男性語り手の視点）

なぜ男性語り手は女性工場労働者の苦境を正視出来なかったのか。そして、妻エリザベスの第四子妊娠という、伝記的観点があったとしても、なぜ女性は機械に陵辱されたり、機械に妊娠、出産の役割を奪われたりしなければならないのだろうか。ディモックの議論が興味深い。彼女によると歪んだ女らしさ、自然からはずれる女というイメージは労働者階級の苦しみの換喩であり、女性の性的混乱が工業界全体の問題を表すのに用いられていたという。階級批判をジェンダーの象徴的身体に写し取る様式には偏見がまったく込められてないとは言えないとも指摘する。女性労働者は家庭へ帰れと、あからさまには言わない。しかし、「走り書きをする女たち」（scribbling women）に市場を奪われた業界にあって、文学職業人生についてのメルヴィルの懸念を考えると、無表情な女性が白い紙に向かって仕事をするこの物語には、あまりに機械的に、あまりにたくさん書いている女たちに対する半ば恨みがましく、半ば羨ましい夢想を読み取ることは可能であるという（87）。

ディモックはそれゆえに作品に歴史的なアイデンティティや社会的現実を読み取ることは心得違

いだと指摘する。確かに、男性語り手は「種屋」という性的意味合いを込めた商売を営み、また、ギリシャ神話のアクタエオンに喩えられる。アクタエオンはアルテミスの水浴姿を見たために彼女に呪われて鹿に変えられ、自分の犬に殺された漁師である。男性語り手の性的欲望は成就されず、夫婦間の問題や子沢山に悩まされ、文学市場を女性に奪われた男性作家の恨みと重なり、作品の歴史的、社会的現実とはずれが生じている。男性語り手は、女性工場労働者の劣悪な労働環境を告発してはいるものの、十分に理解しているとは言い難い。

偽善的な語り手は批判されるべきであり、語り手と作者メルヴィルのあいだには距離がある。しかし、メルヴィルの女性に対する様々な屈折した思いが男性語り手の視点となって作品に込められていることも否めない。「乙女たちの地獄」は、機械文明批判を根底に据え、初期産業資本主義の下での女性工場労働者の劣悪な労働環境を描いた最初の作品の一つであることには違いないが、歴史と文学が交差し、現実の社会描写に過度の想像力が働いた作品といえる。

第7章　メルヴィルの「ピアザ」に見るアメリカの風景
――グレイロック山と女性――

はじめに

ハーマン・メルヴィルの「ピアザ」（"The Piazza," 1856）で描かれる風景は、バークシャー地方を背景とする。当時、バークシャー地方を含むアメリカの北東部田園地帯は景色がよいことで知られ、多くのピクチャレスク愛好家が訪れた。作者であるメルヴィル自身、一八五〇年にニューヨークからバークシャー地方ピッツフィールドに居を移し、邸宅をアロウヘッドと名付けた。そこでグレイロック山の見える部屋を書斎とし、執筆活動を行った。

一八五一年には、メルヴィルはナサニエル・ホーソーン（Nathaniel Hawthorne）やエヴァート・ダイキンクと共にグレイロック山に登っている。ダイキンクは山の崇高さは賞讃したが、バークシャー地方の住人については「この景色によって洗練され昇華することはなかった」（Poenicke 277に引用）と告白している。それはメルヴィル自身の思いであったかもしれない。「ピアザ」はピクチャレスクでサブライムな風景と、その背後に潜む山の住人である女性の苦境と彼女を取り巻く環境を描いているからである。ピーター・バラーム（Peter Balaam）も、「疲れ果ててはいるが奇妙に誠実な現実の女性の顔」に取り憑かれる男性語り手は「ピクチャレスクな様式で描くにはあまりにも悲惨な社会的現実に敏感である」と指摘している(78)。

ところが、ウィリアム・スタイン（William Bysshe Stein）も指摘するように、作品は伝記的事実に基づく単なる確立されたバークシャー環境の再創造ではない（316)。そこには作者メルヴィルのアメリカの風景に対する本質的な見解があるように思われる。

ロバート・E・エイブラムズは、彼の著書の第三章「ハーマン・メルヴィルの国内宇宙図――アメリカ共和国の不可解な内部への旅」(“Herman Melville’s home-cosmography: voyaging into the inscrutable interior of the American Republic”) において、アメリカ共和国の支配的な公的文化を代表する説教や記念碑的な性格を持つ風景の内部には、不確かな可視性によってのみ捉えられる不可解な風景があることを論じる(56-72)。エイブラムズの議論にはジェンダーは不在であるが、バラームの議論とエイブラムズの議論は通底するものがある。なぜなら説教や記念碑的性格を持つ風景はサブライムで男性的なものであるからだ。

本章はジェンダーを意識しながら、「ピアザ」における男性語り手によるグレイロック山への旅とそこでのマリアンナという名の女性との出会いを、アメリカ共和国の不可解な内部への旅と位置づけ、論じるものである。また、ピアザから望む風景は、イギリスの帝国主義的とも言えるパストラリズムやロマン主義の風景とパラレルな関係で描かれていることを指摘する。それにより、アメリカのピクチャレスクでサブライムな風景が、実は外面的なものにすぎず、内部には実相が潜んでいることを述べる。

風景と視線

「バークシャーはハドソンリヴァー・ヴァリーのようにピクチャレスクを求める旅行者のメッカであった」(200) とサミュエル・オッター (Samuel Otter) も述べるように、「ピアザ」の舞台は当時景勝の地であり、トマス・コール (Thomas Cole)、フレデリック・チャーチ (Frederick Church)、アッシャー・デュランド (Asher Durand) ら、いわゆるハドソンリヴァー派の画家たちがその地を訪れたという。この物語でも、美しく絵のような風景を描こうと画家たちがその地を訪れたことが、「この辺り一帯は絵のような景色だったので、果実の季節にはあらゆる所に置かれた画架や日に焼けた画家たちに出会わずに丘を登り谷を渡ることはない」(1) と述べられている。

コールは「アメリカ風景論」("Essay on American Scenery") において「我々はいまだエデンにいる」(Otter 178 に引用) と述べているが、ここでも「絵描きたちの天国そのもの」(1) と述べられている。語り手はあたりのピクチャレスク (絵のよう) な風景を愛し、その眺望を文字通り次のように画廊に喩える。「これら石灰石の丘の大理石の広間は画廊にすぎず、毎月毎月新しくなり、絵が絶えず新しく掛け替えられる画廊だ」(2)。

ハドソンリヴァー派の画家たちは、このような絵のような風景を、しばしば山の上など眺望のよいところから見下ろすパノラマ的視覚で描いたことが知られている。ホリヨーク山からコネティカット川を見下ろす風景を描いたコールの『オックスボウ』(*The Oxbow*, 1836) がその典型とされる。ミシェル・フーコー (Michel Foucault) はパノラマ的視覚をジェレミー・ベンサム (Jeremy Bentham) のパノプティコン（一望監視施設）と結びつけ、そこに「すべてを見る」権力の視線を読み取った。すなわち、パノラマ的視覚は支配欲や所有欲をかきたて、風景を見る視線でありながら、同時に社会的な管理、監視の視線でもあるという。

美しい風景を前に、家にピアザがないのは画廊にベンチがないに等しいと考え、語り手はピアザの建設に乗り出す。ハドソンリヴァー派の画家たち同様、語り手はパノラマ的眺望を望み、ピアザを家の四方に巡らすことによってその眺望を得ようと考える。しかし、経済的余裕がないのを理由に諦める。「家は広かったが、財は乏しかった。そこで家のまわりを巡るパノラマのようなピアザを造るのは叶わないことであった」(2) と述べられる。

ピクチャレスクな風景をパノラマ的あるいはパノプティコン的視覚で所有することを望んだ語り手は、ハムレットの父王、クヌート王、魔王 (King Charming) と、権力の座にある王や、宗教的権威者マップル神父や帝国主義的探検家クック船長と同一視されている。北向きにつけられたピアザからはグレイロック山が臨まれる。それを語り手はシャルルマーニュ大帝と呼ぶ。シャルルマーニュ大帝はローマ教皇から冠を受けた西ローマ皇帝である。日の出と日の入りに王冠を戴くように輝くグレイロック山の様子は、シャルルマーニュ大帝の戴冠式に喩えられる。

それを見ようと、「王にふさわしい草地の寝椅子」(2) に身を横たえる語り手は、「果樹園に横たわるデンマーク王」(2) のようだとされる。デンマーク王とはハムレットの父王である。権力の座にある者が見る、権力と結びついた風景である。しかし、語り手は「耳の痛み」(2) を覚える。

「耳の痛み」は、王位を狙う弟クローディアスによって耳に毒を注がれて死んだハムレット父王の経験である。

また、語り手の家は、王の座がいかに危ういかを教えたダモクレスの剣（ギリシャのシラキウス王が廷臣のダモクレスの頭上に一本の毛髪で剣をつるした）の閃きのもとに建てられたという。これらの比喩が暗示するように、語り手は、やがて王の権力の座から退き、権力の視線は幻想と化す。

権力の視線は宗教とも結びつく。エイブラムズは『白鯨』において教会の説教壇の高みからヨナについての説教を行うマップル神父にパノプティコン的な管理・監視の「すべてを見る」（68）権力の視線を読み取る。神学的全知の世俗化である。マップル神父は「生きた神の水先案内」（*Moby-Dick* 47）として説教壇から聴衆に向かって説教をするが、そこには船の船首から広大な海を見晴らす風景が重ね合わせられる。説教壇は「船の船首のような形」（Abrams 69）をしており、また、説教壇を意味する **“pulpit”** には「捕鯨船の船首にあるもり撃ち台」の意味もあるからだ。

しかし、エイブラムズは海には深みがあることを指摘し、目は「不確かな可視性」で深さを求めるという（69）。「ピアザ」の語り手の目も「すべてを見る」パノプティコン的な欲望の視線を願望しながらも、それが外面的なものであることに気づき、深さを求める。語り手は崇高なグレイロック山へ足を踏み入れ、その奥深い暗闇の内部を見ることになる。また、彼自身、見られ、取り憑かれることになるのである。

アメリカ共和国の内部への旅

「ピアザ」において、北向きに付けられたピアザから臨まれるグレイロック山は、バークシャー・ヒルズ最高峰であり、記念碑的サブライムな風景を呈する。エイブラムズは、アメリカ共和国の風景を記念碑的と呼び、ロバート・バイヤー（Robert Byer）の議論を援用する。バイヤーによると「理想化された男根の存在」を見る者に想起させるジョージ・ワシントン記念碑やバンカー・ヒル記念碑は「国家的アイデンティティと共和国の美徳の権威的な理想」のサブライムな象徴で、「当時のアメリカ社会の深まる不確実性を克服するため」（167）のものであるという。また、ラス・カストロノーヴォー（Russ Castronovo）はアメリカの記念碑文化の起源を崇高な自然にたどり、『ピエール』（*Pierre*, 1852）が献呈される荘厳なグレイロック山をその一例とする（120）。「ピアザ」で描かれるグレイロック山もモーゼが十戒を授かったシナイ山に喩えられたり（5）、シャルルマーニュ大帝に喩えられたりすることによって、男性的な荘厳さと崇高さが強調される。

ところが、グレイロック山中には不確実でネガティヴな女性の風景が潜んでいる。「蜃気楼」（9）のような「光と影とが魔術的に作用する特定の条件下のみ目に見え、それもほんのうっすらとしか見えない」（4）、「虹の端」（5）にある「ある不確かなもの」（4）への男性語り手の旅は、「不確かな可視性」によってのみ捉えられる隠れた暗闇の風景を露呈するのである。それはアメリカ共和国の内部であり、貧しく孤独な女性がそこにいる。

語り手は、グレイロック山の「山腹、あるいは山頂」（4）に「ある不確かなもの」、「山小屋」（5）

を認め、そこは妖精が住む「妖精の国」だと思う。そこへ行ってみたいと思うが、最初は躊躇する。なぜなら、山は「影の軍隊」や「親衛隊」(5)で守られており、また、堕天使ルシファーと天使長ミカエルの天上の古い戦いの場が鏡写しになっていると思うからである。神々しい自然美に対する崇敬の念をそのように表したのであろう。しかし、ここには権力と宗教と自然の結びつきがあり、語り手はこの結びつきを風刺し、欺瞞を暴く。そのような風景を作り出す視線の否定であり、作り出される風景の否定である。

例えば、語り手が「妖精の国」へ向かう途中、次のような自然描写がある。

雪色の大理石を突き抜ける深い谷川の渓谷を通って進んだ。春の色をし、そこでは両側に渦巻きが生きた岩に空洞の礼拝堂をえぐっていた。さらに進むとバプティストの名前にふさわしくテンナンショウ（説教壇の男）が荒野に向かってのみ説教をしていた。(7)

谷川の急流によってえぐられる岩は「空洞（無人）の礼拝堂」と表現される。“Jacks-in-the-pulpit”はテンナンショウという植物であるが、文字通り「説教壇の男」でもあり、荒野に向かってのみ説教をする。説教壇上で聴衆に向かって説教をするマップル神父のパロディとして読める一節である。美しい自然描写のなかに男性的かつ権威主義的で形骸化した宗教が風刺されている。

さらに宗教と自然が次のように語られている。「私の馬は頭を低くたれた。赤いリンゴが前にころがった。イヴのリンゴだ。これ以上求めるなかれ。馬が一つ食した。私は別のを食した。それは地の味がした」（7）。語り手と馬は「これ以上求めるな」（"seek-no-furthers"）という名のリンゴを食べる。それは、「イヴのリンゴ」、すなわち、禁断の木の実であり、それを食べた語り手は、「天国」（1）から堕落した地上の世界へ入っていくのである。事実、リンゴは「地」の味がしたと述べられる。

マーヴィン・フィッシャーも語り手の探求は「苦しみ悩む男女が住む堕落した世界、制限された自由、砕かれた野心、妨げられた自己実現」（27）へ語り手を導くと述べる。天国のようなピクチャレスクな風景を見ていた語り手は、地上の堕落した風景、影の支配する暗闇の風景を見ることになるのである。

シャルルマーニュ大帝に喩えられるグレイロック山の崇高で男性的な権威は外面的なものである。貧困と孤独に打ちひしがれた悲惨な女性の現実と、荒廃した風景が内部に隠されていることが判明するからである。グレイロック山は「紫色」（3）の景観を呈するとも描かれる。紫色は『ピエール』の献辞で描かれるグレイロック山の色でもあり、そこでは紫色は「皇帝の」という形容が与えられ、王者であることを意味する。『ピエール』においてエンケラドゥスのヴィジョンは、タイタンの山、すなわち、グレイロック山の紫色の向こうに隠された荒廃や恐怖の光景であり、「挫折と悲しみ」（346）を予言する。そのように、ピアザから臨む紫色のグレイロック山もマリアンナという女性の苦境を隠しているといえる。バークシャー・ヒルズのピクチャレスクでサブライムな風景の内部に潜む暗闇の世界が不確かではあるが露呈されるのである。

語り手の旅は、奥深さだけでなく、地球的広がりも持つ。エイブラムズは彼の著書の第三章冒頭にソローの『ウォールデン』からの次の一節を引用している。「アフリカとは何か。西部は何を意味するのか?私たちの内部こそ地図上で真っ白ではないか?」(353)。「もっとも発見された時は海岸のように黒いかもしれないが」(353)とソローは『ウォールデン』において続ける。「目を内に向ければ、心に発見されない千の地域が見え、そこを旅し、自らの宇宙図(home-cosmography)の専門家となれ」(353)とも言う。メルヴィルの語り手もまた深さを求める目でアメリカの内部に、未知の暗黒の風景を見た。それは地球上の周縁部に住む貧しい女性となって表れる。ソロー同様、語り手自身の心の内部であったかもしれない。いずれにせよ、それはグレイロック山の旅を船旅に喩えることによって可能となる。

内陸の船旅

ピアザは船の甲板に喩えられ、語り手の旅は「内陸の船旅」(4)とされる。「妖精の国」、「黄金の山の窓」は「深海のイルカ」のように輝き、語り手はそこへ向かって「帆船に乗って船出しよう」(6)と決心する。山並みや草むらは海に喩えられる。それは、語り手、ひいてはメルヴィル自身の若き日の船旅の記憶が蘇るものである。

例えば、次のような描写がある。

夏にはまた、クヌート王のようにここにすわって海のことをしばしば思い出す。穀物がうねり、草の小さな波は岸辺に打ち寄せるかのようにピアザに波打ち、そしてタンポポの冠毛は水しぶきのように漂い、山の紫は大波のうねりの紫のようであり、・・・しかし広大さと孤独は大洋を思わせ、静けさと単調さもあり、木々の向こうの見知らぬ家をはじめてかいま見るのは、どこから見てもバーバリー海岸で見知らぬ帆船を見る時のような思いである。(3-4)

ここで、「見知らぬ家」、すなわち山小屋の発見は、アフリカのバーバリー海岸での「見知らぬ帆船」の発見に喩えられる。語り手はクヌート王という権力者に喩えられるが、その全知は否定されるのである。

さらに、次のように南海への旅の思い出と重ね合わせられている。

暑苦しい時、私は黄色の麦わらの軽い帽子と白いズックのズボンをはいていた。どちらも私が南海を航海したときの思い出の品だ。包み込むようなシダに足を取られ、私はつまずき、両膝を海の緑色に汚してしまった。(8)

たどり着いた山小屋で、語り手がマリアンナに話しかけると、彼女は当惑し、はっとする。その様子は、次のように描写される。

青白い頬をした娘、ハエのしみがついた窓、スズメバチが修繕された上部の窓ガラスのあたりをとびまわっていた。私は話しかけた。彼女ははずかしそうに飛び退いた。ちょうど生け贄のために匿われたタヒチの娘がシュロの葉を通してクック船長をはじめて見たようだった。・・・これが妖精の山小屋なのか、妖精の窓にすわる妖精の女王なのか。(8-9)

マリアンナは生け贄のために匿われたタヒチの娘に喩えられている。非キリスト教圏にあり植民地化され、周縁化した地域に住む原住民で、さらに弱者としての女性である。一方男性語り手はイギリスの植民地主義的航海家ジェイムズ・クックに喩えられる。ここでも、パノプティコン的支配欲を願望する男性語り手の夢想が窺える。しかし、同時に、憧れた「妖精の女王」が周縁化した地域の女性であったという幻滅も見て取れる。男性語り手はグレイロック山ことアメリカ共和国の男性的で確乎とした風景の内部に不安定で懐疑的な風景、アフリカやタヒチといった地球の周縁部とそこにいる女性を見る。語り手が描く「国内宇宙図（home-cosmography）」である。また、グレイロック山は、地球的広がりと奥深さを持つ「宇宙規模の山」（Goldner 184）とも言える。

反パストラリズム

アメリカが権威主義的で、名ばかりの共和国であることへの批判は、エドマンド・スペンサー（Edmund Spenser）的なパストラリズム批判としても表される。男性語り手の旅は、「妖精の国」への旅とされ、そこには「妖精の女王」が住むとされる。これはシェイクスピア（William Shakespeare）作『真夏の夜の夢』（*A Midsummer Night's Dream*, 1595）やエドマンド・スペンサー作

『妖精の女王』(*The Faerie Queene*, 1590) へのアリュージョンである。

『妖精の女王』冒頭に付せられたスペンサーからウォルター・ローリー卿への手紙によると、妖精の国はイギリス、妖精の女王グロリアーナは栄光を意味し、エリザベス女王であるという。語り手は妖精の国を求めて旅をする赤十字の騎士であり、山小屋へたどり着いた時には「ユーナとその子羊」(8) が住んでいるにちがいないと思う。ユーナは『妖精の女王』に登場する善女である。雄々しい騎士に喩えられた語り手が理想の女性を求めるという探求は、たどり着いた山小屋に住むのは貧しい疲れ果てた女性であることが判明したときには幻滅と化す。

作品において、ピクチャレスクな風景を呈するバークシャー地方はスペンサーが描く緑と黄金のイギリスのパストラル的世界とパラレルな関係で捉えられている。『ピエール』においても、サドル・メドウズはバークシャー地方がモデルとされるが、そこは「緑と黄金の世界の恍惚とした様相」(3) を呈すると描かれる。「ピアザ」では「黄金の窓」「キリン草」「黄金ひわの黄金の群れ」「湿っぽい緑」の牧場、「一年中青々とするモミの木」(6-7) といった描写が見られる。また、「羊の群れ」の描写 (6) からもスペンサーの代表的パストラル詩、『羊飼いの暦』(*The Shepheardes Calender*, 1579) が連想される。

スペンサー作『妖精の女王』第六巻では、キリスト教の「礼節」という徳がパストラル的世界を背景として語られる。そこには、太陽に関する次のような描写がある。「世界の太陽、空の大いなる栄光／大地はすべて光輝く／偉大なグロリアーナ、偉大な女王陛下」(6:10:28)。ここでエリザベス女王、すなわち妖精の女王グロリアーナは地上を照らす天界の太陽の光として語られる。グロリアーナの栄光が天上の太陽の光として語られるのに対し、マリアンナの住む山小屋は太陽によって金色に輝くことはなく、むしろ焼け焦げ腐っていくと次のように描かれる。

太陽はよいのですが、この家を輝かすことはありません。どうしてでしょう?この古い家は朽ちかけています。こんなに苔がむして・・・太陽はよいのですが、この屋根を最初は焼け焦がしてそれから朽ち果てさせます。（10）

マリアンナの置かれた境遇が、栄光からはほど遠いことを表しているのである。Poenicke も指摘するようにマリアンナの家に照りつける太陽は「残酷」（269）である。Poenicke の指摘はジェイムズ・トムソン（James Thomson）作『四季』(*The Seasons*,1726) の「夏」("Summer") との類似において、夏の太陽の厳しさに言及するものである。しかし、それはちょうど太陽に喩えられるエリザベス女王が君臨するイギリスの帝国主義的植民地支配が残酷であったことを示すようである。

太陽が輝くどころか、そこは次のように雲や影が支配するところである。「翼を広げて卵を抱くように漂っている巨大なコンドルが投げかけるような大きな影が忍び寄り、より深いすべてを含む暗闇によって岩やシダのより小さな影に吸収されていくのに私は気づいた」（10）と述べられる。それは雲の影であり、「見えない」（10）ものであると語り手は言う。まさしく不確かな可視性によってのみ捉えられる、不可視の領域にある宇宙の現実なのである。「『ピアザ』は語り手のスペンサー的な風景との関係や自然美への叙情的なアプローチの批判であり、それが隠している悲惨さとの出会いを描く」（185）というゴールドナーの指摘は的を射るものである。

植民地主義的な緑と黄金のパストラリズムは、腐朽し、苔むす自然と化す。マリアンナの家の北側は、「ドアはなく窓もなく、羽目板は塗料も塗られず、地衣のはえた松の北側のように緑色で、あるいは動きの止まった日本の平底帆船の銅板の剥がれた船体のようであった」（8）と描かれる。メルヴィルはホーソーンの『牧師館の苔』(*Mosses from an Old Manse*,1846) に感銘を受け、そこで描かれる「闇の力」に魅せられた。この書物で描く一連の作品によって、ホーソーンは人間界の闇の部分を苔という陰りある自然で表したが、メルヴィルもまたそうであった。

引用において、「日本の平底帆船」は『白鯨』にも「壊れた日本の平底帆船」（231）として言及される。銅板が剥がれ、動きの止まった日本船に、東洋の不可解かつ野蛮で、作りの脆弱な船のイメージを読むことは容易である。また、彼女の家は「パランキン」（8）という中国の籠にも喩えられており、オリエントのイメージが多用される。マリアンナと彼女の家は、周縁化したアフリカやタヒチだけでなく、オリエントのイメージでも捉えられるのである。語り手はマリアンナの顔に取り憑かれ、暗闇の真実に目覚める。物語は次のように閉じる。

しかし、毎夜、カーテンが降りると真実が暗闇と共にやってくる。山から光は見えてこない。マリアンナの顔や、多くの現実の物語に取り憑かれながら、私はピアザの甲板を行ったり来たりする。（12）

この一節は、パストラリズム、サブライムやピクチャレスク、そしてロマンティシズムに対する批判であり、それらが背後に隠しているものを暴いたと言ってよい。

ピアザは船の甲板に喩えられるだけでなく、オペラ劇場にも喩えられる。主役を演じる夫人の名「メドウラーク」（Meadow Lark）は、鳥の名前（マキバドリ）の洒落であり、パストラリズムを象徴する。語り手は「円形劇場」の特等席としてのピアザで劇を見るが、その視線が捉える円形劇場のパノラマ的なパストラル風景は魔術的で幻想にすぎず、背後にはマリアンナの疲れた顔がある。語り手やメドウラーク（夫人）の歌声から、マリアンナの疲れた顔は遠く離れたところにあるものとして次のように描かれる。

私はピアザに留まる。それは私の特等席。そしてこの円形劇場は私のサン・カルロの劇場。そう、光景は魔術的で、幻想は完全だ。そして私のプリマドンナであるメドウラーク夫人はここで大きな演出をする。そしてメムノンのような黄金の窓から奏でられる日の出の調べを飲み干す。その背後にある疲れた顔は私からはなんと遠くにあることか。（12）

「黄金の窓」の住人であるマリアンナは、実際は、音のない世界に住み、メドウラーク（マキバドリ）の歌声は届かない。男性語り手が求めたのは華やかなプリマドンナとしての「メドウラーク夫人」（マキバドリ）であり、それは幻想にすぎない。疲れたマリアンナの住む世界が内面の実相として、外面的なパストラリズム批判として提示されているのである。シアーズはパノラマ的要素を風景の「劇場化」（52）と呼んでいるが、「円形劇場」に喩えられるパノラマ的風景への語り手の願望はここにおいても幻と化すのである。

反ロマン主義の風景

作品はイギリスのロマン派詩人ウィリアム・ワーズワース（William Wordsworth）の自然詩のパロディでもある。ロマン主義批判は「山から光は見えてこない」（12）からも明らかである。山や光を神聖なものと考え、自然界の上位においたロマン派的見解に対する批判である。さらに、グレイロック山中にあるマリアンナの山小屋はシムプロン峠にある曖昧にしか見えぬ一点の輝として次のように描かれる時、ワーズワースの『序曲』（*The Prelude*, 1805）のパロディであると考えられる。

> 魔法のようなある秋の午後、晩秋の午後、狂気の詩人がいなかったら私は気がつかなかったであろう。・・・アドラムの洞窟に隠れ住む世捨て人のような太陽は、季節に従って南に傾いていたが、雲のなかのシムプロン峠に射し込む狭い光の間接的な反射によって、北西部の丘の青い白い頰の上に一つの小さな丸いイチゴのようなあざを描いている。・・・一点の輝き、その他はすべて影。（4）

『序曲』第六巻では、シムプロン峠での想像力への呼びかけが次のように描写される。

> 想像力よ！

感覚の光が、閃光のなかに消え去り、
そこに目に見えなかった世界がわれわれに示される。(VI 534-36)

「ピアザ」においても『序曲』においても「目に見えない世界」が一種の想像力によって示される点においては同じである。しかし、「ピアザ」ではそれが結局は隠れた暗闇の真実として認識されるのに対して、『序曲』ではそれを可視化し、実体化しようとする。アルプス山頂での崇高体験は、永遠不滅の象徴として、確信を持って次のように描かれる。

動乱と平和、暗闇と光、
それらすべては、一つの心の作用、
同じ顔の特徴、一本の木の花、
大いなる黙示の性格、
最初で最後、そして終わりのない中心の
永遠の典型と象徴。(VI 567-72)

さらに、心の目ではなく、「独裁的な視覚」(XI, 129)である感覚器官としての目が作り出す帝国の可能性が開かれている。この視覚は鮮明ではあるが、深くはないもの、外面的で内面的ではないものとして次のように描かれる。

それは内面的ではなく、外面的な感覚的陶酔であり、
鮮やかであっても深くはなかった。しかし、
私はしばしば貪欲に追いかけ
丘から丘へ、岩から岩へ歩きまわった。
新しい形の組合せ、新しい喜び、
視界にとってより広い帝国をたえず渇望し、
その天賦の才を誇りに思い、
より内面的な能力は眠らせておいた。(XI, 188-195)

ここにおいて「視界にとってより広い帝国」は、エマソンの『自然』における「透明な眼球」と通底するものがある。さらに、世俗的には、「すべてを見る」パノプティコン的視線であるとも言える。エマソンも「私にはすべてが見える」(6) と述べる。ジョン・キーツ (John Keats) はワーズワースの想像力を「自己中心的崇高性」(egotistical sublime) と評したが、これはイギリスのロマン主義やアメリカの超越主義に共通する特色であろう。

ポール・アウトカ (Paul Outka) は、ロマン主義やアメリカの超越主義は「白人男性のアイデンティティ」(3) であると主張する。そして、ロマン主義的崇高性とトラウマは一つの風景のなかに二重性として共存すると述べる。彼の議論は主として人種を中心に展開される。しかし、この議論はジェンダーにおいても適応できる。すなわち、メルヴィルの「ピアザ」は、アウトカの言う、男性的・ロマン主義的「崇高性」と貧しく疲れた女性という「トラウマ的事象」が共存し、前者に

よる後者の「覗き見行為」(23) とも言えるのである。

終わりに

「ピアザ」の語り手は、世界の透明性を前提とした「すべてを見る」、所有欲を伴うパノラマ的視線は、権威主義的でものごとの表層しか見えないことを知る。そのような視線と、その視線が見る崇高な風景は、自己中心的であり、男性原理に基づいたものである。また、そのようなアメリカの風景は、帝国主義的なイギリスのパストラリズムやロマン主義の風景とパラレルな関係にあり、共和国の風景とは名ばかりである。しかし、物語の男性語り手は、より深い洞察により、アメリカ共和国の内部の暗闇の真実とそこにいる女性の苦境を見る。また、見る主体であるだけでなく、見られる客体であった。マリアンナもまた、語り手の住む家を見、そこを「魔王宮殿」であると思っていたという。ここで「見る」「見られる」という主体／客体の関係、一種の権力関係は同等となる。

二人の関係が同等になり、語り手が「幸福な家の住人であり、マリアンナの重苦しさ (weariness) を取り除くことが出来れば」と願うところで、「もう十分」(12) と話をやめる。マリアンナが妖精の女王のように幸福ではなかったように、語り手も魔王のように幸福ではなかったのである。妖精の女王であるはずのマリアンナが語り手の病後の「重苦しさ」(weariness)(6) を癒してはくれなかったように、魔王であるはずの語り手もマリアンナを癒すことは出来なかったのである。語り手はそれ以上妖精の国への旅を続けることはせず、ピアザに留まる。それは語り手が、それ以上、アメリカ共和国の風景の暗闇の内部へ入りたくなかったからであり、同時に、語り手自身、自らの暗闇を見つめたくなかったからである。

アウトカは彼の議論においてカントを援用する。カントは『判断力批判』（*Critique of Judgment*）においてサブライム体験は比較的安全なところに身を置いたときにより魅力的で恐ろしいものとなると述べている（**Paul Outka 212** に引用）。「ピアザ」の語り手はその体験がトラウマ的幻滅に終わるものであるがゆえに、安全な場所に戻りたかったのである。男性語り手はグレイロック山内部に潜む女性の現実の苦境に敏感ではあったが、自らを危険にさらすことはなかったのである。

第8章　ケープコッド文学に見るソローのフィンチへの影響
——『ケープコッド』と『大切な場所』を中心として——

はじめに（ケープコッド、作家と作品）

ケープコッドに関する文学はピルグリムの入植以来、四〇〇年の歴史を持つ。ジョン・ヘイ（John Hay）、ロバート・フィンチ（Robert Finch）、アニー・ディラード（Annie Dillard）、ヘンリー・ベストン（Henry Beston）、コンラッド・エイキン（Conrad Aiken）、ハーマン・メルヴィル、ヘンリー・デイヴィッド・ソロー等数々の作家がケープコッドについて書いた。それ以前には原住民の口承伝統がある。ここでは、ケープコッドについて多くの作品を書いた現代作家フィンチを取り上げ、ネイチャーライティングの源流とも言われるソローと比較考察し、ケープコッドの描写の伝統と変遷をみる。作品はフィンチの『大切な場所』（*The Primal Place*, 1983）とソローの『ケープコッド』（*Cape Cod*, 1865）を主にとりあげる。そこには約一二〇年の経過と変遷があるが、共通するもの、すなわち継承あるいは「伝統」（*A Place Apart* xx）と言うべきものもあり、フィンチはソローについてコメントしたり、言及したり、引用したりで、彼の影響を物語る。

ケープコッドはアメリカ合衆国北東部マサチューセッツ州にある長さ六五マイルに渡る砂の半島

である。バーンスタブル郡にあり、幅は一〜二〇マイルで、肘を曲げた「腕」の形をしていると言われる。ソローは「ケープコッドはマサチューセッツのむき出しで折り曲げた腕」(*Cape Cod* 4)と述べ、フィンチは「幅の広く彎曲したケープの腕が東に向かって曲がり、北へぐるっと回り、水平線に消える」(*The Primal Place* 241)と言及する。砂の土壌はクランベリーやアスパラガスを産し、主な産業は漁業と観光である。

一六二〇年にメイフラワー号に乗ったピルグリムがプロヴィンスタウンに入植した。ケープコッドという名は、一六〇二年に付近を航海したイギリス人バーソロミュー・ゴズノールド(Bartholomew Gosnold)によって付けられた。このあたりの海で、大量の鱈(コッドフィッシュ)が取れたからである。ソローはこのことに言及し、さらにコッドの語源をサクソン語の「*codde*(種の詰まった袋)」(*Cape Cod* 4)とする。魚の形あるいは体内のはらごからくると思われるからだ。ケープコッドは現在では景勝の地、美しいリゾート地として知られるが、ソローは「海岸を本当に訪れたいニューイングランドの人々のためのリゾート地となる日がくるに違いない」(*Cape Cod* 272)と、そのことを予測していた。

フィンチは一九四三年ニュージャージー州に生まれ、一二才の時にウェスト・ヴァージニアへ移り住む。ハーバード大学在学中の夏休みに初めてケープコッドを訪れる。結婚後、一九七二年に再びケープコッドを訪れる。当初は、ブルースターに居を構えるが、現在はウェルフリートに住む。その間、ケープコッドの自然と人々の暮らしに魅せられ、数々の著作を著す。『ケープコッドの潮風』(*Common Ground: A Naturalist's Cape Cod*, 1981)、『大切な場所——ケープコッドの四季』(*The

Primal Place, 1983)、『辺地―ケープコッド辺境への旅』(*Outlands: Journeys to the Outer Edges of Cape Cod*, 1986)、ラルフ・マッケンジーの写真に文章を添えた『丸ごとケープコッド』(*The Cape Itself*, 1991)、ケープコッドに関する文章を編集した『遠隔地―ケープコッド読本』(*A Place Apart: A Cape Cod Reader*, 1993) などがある。

インディアナ大学で英文学の修士号取得後、オレゴン州立大学などで教鞭をとる。ケープコッド・コミュニティー・カレッジでケープコッド文学を教えた最初の人と自負し、ジョークを飛ばす。WGBH、WCAI、NPR などラジオ放送局でも活躍する。ラジオ・スクリプトである「ケープコッド・ノートブック」("A Cape Cod Notebook") はニューイングランド・エドワード・R・マロー賞を二〇〇六年に受賞した。ケープコッドもの以外には、ジョン・エルダーと共編の『ノートン・ブック・オブ・ネイチャーライティング』(*Norton Book of Nature Writing*, 1990) などがある。本稿で主に取り上げる『大切な場所』について、アニー・ディラードは「ロバート・フィンチはすばらしい観察者の一人である。美しく書かれた聡明な本である」と表紙において評する。

ケープコッドを創作の素材とした作家・作品は多いが、なかでもフィンチの諸作品は有名であり、彼の作品はソローの『ケープコッド』と比較対照出来る。自身の人生における年月日とソローのジャーナルの年月日とを照応させて読むなど、フィンチはソローの影響を強く受けたと言われる。彼はソローをネイチャーライティングの「始祖(ルーツ)」(*Norton Book of Nature Writing* 22) とし、「すべての人はヘンリーデイヴィッドと折り合わなければならない。そして私は今もそうしている。ソローはいわば言語、哲学的言語を作り出した。だが私はネイチャーライティングとは無関係な諸作家からも創作を多く学んだ」(Trimble 177) と述べる。ソローの影響を最大とした上で、他の諸作家、いわゆるネイチャーライターではない作家の影響も受けたことを告白している。『大切な場所』全体を通して、周遊、エッジへの関心、不思議、四季の変化、歴史の感覚、生と死、人間と自然(動物)の相互依存や一体化のテーマが語られる。これらのテーマは一九世紀のソローのテーマでもある。フィンチとソローを比較し、ケープコッドの伝統と変遷をこれらのテーマのもとに辿ることを本章の目的とする。

周遊／エッジ

ソローもフィンチもケープコッドの周遊の旅をし、そこの地理的特徴を陸と海のあいだのエッジとした。多くのネイチャーライティングには、ソローのいう「周遊の旅」(エクスカーション)、すなわち「何か未知のものあるいは馴染みのないもの、探検をしたかったものに思い切って入り込み、それから戻ってきてその経験を何かの形にすること」があるとフィンチは言う。それは「自然のパターン」といってもよく、ソローが最初に確立したが、フィンチ自身の作品にも当てはまると言う (Lueders 60)。

ソローは『エクスカーション』(*Excursions*, 1863) と題するエッセイ集を出版しているが、『ケープコッド』もまた、語り手(ソロー)がコッド岬を周遊するという設定になっている。「私はコンコードの一〇マイル以内にある湖にはよく出かけた (make excursions) が最近海岸にまで私の周遊の旅（extended my excursions）をのばした」(*Cape Cod* 3) と語られる。事実作品は、コンコードからコーハセット海岸、サンドウィッチ、オーリンズ、ウェルフリート、ハイランド灯台、プロヴィンスタウン等コッド岬を旅し、コンコードへ帰るソローの周遊の旅が記録される。

それに対し、『大切な場所』は、フィンチの住むウェスト・ブルースター付近の様子が語れる。二部構成で、第一部は「入り込む（Digging In）」、第二部は「外へ出る（Going Out）」という円環構造、すなわち出発点へ戻るという構造を持つ。第一部は森（第一章）、ガラス戸を通して見える庭の向こうの風景（第二章）、レッド・トップ墓地（第三章）、菜園（第四章）、レッド・トップ道路（第五章）、パンクホーンとして知られるウェスト・ブルースターの一地方（第六章）といった陸地での風景が語られ、陸地の中へ「入り込む」ことが述べられる。第二部はベリーの窪地（湿地）（第七章）、ストーニー・ブルック川（第八章）、ローワー・ミル池（第九章）、干潟（第一〇章）、海岸（第一一章）、ケープコッド湾（第一二章）、陸揚げ場（第一三章）と海や海岸の風景が語られ、陸地より「外へ出」、海へ向かうことが述べられる。

すなわち、陸と海の間のエッジとしてのケープコッド特有の地理的特徴が生かされ、そのような地形において、「入り」「出る」という周遊の旅のパターンが適用されているのである。最終章の「陸揚げ場」は海から陸への帰還を意味する。フィンチはケープコッドの地理的特質を陸と海の間の「エッジ」と特徴づけ、そこを作家の想像力に訴える「世界の大きなエッジの一つ」（*A Place Apart*, xx）と呼ぶ。陸と海の両方の風景を享受し、両方において生息する生物を観察することが出来るからだ。作品『大切な場所』は一見まとまりのないエッセイ集のようであるが、陸と海の間のエッジとしての地理的特徴を持つ土地を周遊するという整合性のある構造を持つのである。

ソローもまた、エッジへの関心を示し、そこでの自然との生活を享受した。彼がウォールデン湖畔に家を建て、二年二ヶ月の月日を過ごしたことは、作品『ウォールデン』となって著されている。コンコードにあるウォールデン池のすぐそばには森があり、彼の家は森と湖のエッジに位置した。「山腹、より大きな森のエッジのすぐ近く」（*Walden* 126）、あるいは「水のエッジ」（*Walden* 193, *et passim*）に家があったと作品でも述べられる。

同様に、『ケープコッド』ではそこを「陸と海」が見える「大陸のエッジ」（270）とする。さらに、海岸を一種の「中立地帯」と呼び、「この世界を瞑想するには最も有利なところ」（186）と述べる。『海のエッジ』（*The Edge of the Sea*, 1955）を書いたレイチェル・カーソン（Rachel Carson）をはじめ、フィンチ以外にも多くのネイチャーライターがエッジへの関心を示すが、その源流をソローに遡ることが出来るのである。

ケープコッド周遊の旅はソローにとって、野生への旅であり、フィンチにとって、不思議への旅である。『大切な場所』第一章「迷路の中へ」は、文字通り、森という迷路、すなわち「何か未知」で「馴染がない」が、「探検をしたかった」ものの中へ入り込むことが述べられる。「未知」なもの、「馴染みがない」ものとは、フィンチにとって、彼が再三作品のなかで述べる「不思議（mystery, wonder）」という言葉で置き換え可能ではないだろうか。ソローもまたケープコッドを、野生の場所であると共に、「驚きの場所（a place of wonders）」（*Cape Cod* 174）としている。

ピルグリムが到着した時、そこにもともと森があったことが強調されているが、それはウィリアム・ブラッドフォード総督が「広々としていて、入り込むのにふさわしい」(8) と記した森であると言う。フィンチは彼の「視線の彼方に伸び広がっている巨大な生きた迷路」に「参入」、あるいは「再参入」(8) を試みる。それは広い道路や開墾地をつくることによっては得られない、「不思議の解決、あるいは不思議への参入」(9) であるとされる。そして「この場所こそが始めるには最もよい場所に思われる」とコメントし、周遊の旅の始めを語る。

さらに、多くの章で自然界の不思議と、その探検が語られる。第二章ではガラス戸を通して観察できるアリの不思議が語られ、第五章ではフィンチの家の前にあるレッド・トップ・ロードの表面が季節と共に性質を変え、反応する様子が、不思議あるいはドラマとして語られる。第七章ではカエルの不思議が、第九章では魚によって引き起こされる池の不思議が語られる。第一一章ではイカの座礁の不思議が述べられる。

最終章、第一三章では、ペインズ・クリークの陸揚げ場の様子が語られる。陸から海へ、そして再び陸へ帰還する、周遊の旅の終わりである。同時に、また新たなる旅の始まりでもあり、こうした地理上の旅に四季の巡りや、人生の旅という比喩的な旅が重ね合わせられている。フィンチは春を四季のなかでも好み、やり直すために冬が残してくれたものを見ようと車を走らす。春は「蓄積した残骸と冬の嵐の下」から芽吹き「人生の新しい再参入」(241) をするよう促すからである。我々が受け入れさえすれば、すべての地点が「入り口」となり、自らが「見るものの一部である」(240) ことを教えてくれるという。四季が巡り、再び春となり、人間もまた新しい人生を始めるという。新たなる四季の始まり、そして新たなる人生の「周遊の旅」の始まりで作品は終わる。

変化

◆四季／自然の変化

ソローは『ウォールデン』において、一年は四季の巡り、すなわち円環構造を持ち、春に回帰することを描いている。また、季節の移り変わりと共に自然が変化する様子を描く。フィンチはこの点においてもソローの影響を受けたと思われる。フィンチは『大切な場所』第一章においてケープコッドにおける自然の変化について次のように語る。

変化はこの砂の王国の流通貨幣（コイン）である。そして近づきすぎない限り、そのような変化は私たちを喜ばせる。四季はリズミカルな変化のうちに流れ、海の穏やかな影響のため本土とは少しばかり調子が合わない。それが私たちの隔絶感を満足させてくれる。四季の変化と共に、シギの群れが訪れ、回遊するエールワイフやシマスズキが戻り、ケープコッド湾には流氷が漂流し、湿地にはジュウジアマガエルが、オークの林にはマイマイガ、そしてモーテルやレストランには旅行者がやってくる。(3)

ここで語られるのは四季の変化であり、四季の変化とともに回遊するエールワイフなどの回遊魚や渡り鳥についてである。四季の変化と動物たちの周遊の旅がひとつとなり、自然のパターンを作り上げている。そこには本土からは離れた、陸と海の間のエッジとしてのケープコッドの地理的特徴が生かされている。このような変化は貴重なもの、「流通貨幣（コイン）」であると述べられ、変化が肯定的に捉えられている。エドワード・ルーダーズ（Edward Lueders）やテリー・テンペスト・ウィリアムスとの対話においても、フィンチは四季の変化をケープコッドの大きな特徴として認め、「非常に季節的な土地」（Lueders 53）であると語っている。

エールワイフの回遊については第八章で次のように詳細に述べられる。

> エールワイフは遡河性の魚である。すなわち、鮭のように、毎年春になると塩水の故郷から沿岸の川や流れを遡って、淡水の池や湖で産卵する。・・・しかしながら、大きな鮭と違って、ほとんどのエールワイフは産卵後も死ぬことはない。少なくとも、短期的観点から見て、死ぬことはない。そのかわり、彼らは海へ戻り、次の春に再び故郷の流れに戻るまで、冬のあいだ何百マイルも旅をする。（139）

フィンチはエールワイフもまた、「自然界における最大で共通の流通貨幣（コイン）の一つ」（144）であると述べる。それは、エールワイフが水環境の大きな連鎖において、重要な構成要素であり、環であるからだ。水の食物連鎖の複雑さのなかで、回遊しながら、人間に利益と滋養を与えてくれるという（145）。

◆人間がもたらす変化

フィンチは自然の変化に加え、人間がもたらす変化についても言及する。車の流れの増加、道路や宅地の増加、コンドミニアム、テニスコート、ショッピング・モール、ゴルフ・コースの出現とそれに伴う鹿やヤマシギやキツネの消滅である（*The Primal Place* 4）。また、『大切な場所』において称えられた自然も、九年後に出版された「過去と未来のケープコッド」（"The Once and Future Cape"）においては、その多くがもはやこの世にないと言う。そして開発や産業化による自然の消滅と破壊を嘆く。

例えば、『大切な場所』で「異教徒の健康」「平和の池」（165）と称えられるニシン池にある陸揚げ場が、近くの分譲地に浸食されていることを指摘し、人間の自然に対する虐待が増加していると言う。「タイヤ、プラスティックのバケツ、その他の廃棄物が海岸や浅瀬に散らかる。本質的に陸揚げ場はスラムとなり、醜く、侮辱されている」（"The Once and Future Cape" 23）と述べられる。町の潮干狩り用の干潟については、『大切な場所』で「人間の活動がますます激しくなってきているにもかかわらず、今日でさえ、なんと驚くほど無傷のままでいることか」（184）と称えたものの、「汚染による遊泳用海岸や潮干狩り用干潟の閉鎖」の増加、「我々の排泄物による海の寛大な恵みの汚染」（"The Once and Future Cape" 23）を嘆く。

ケープコッド国立海岸公園として保護されている区域でさえ、このような衰退を免れず、プラスティック廃棄物等が打ち上げられていると指摘し、人間の消費と浪費の窒息させるような現存を痛感する（"The Once and Future Cape" 23-24）。

多くのものが、変化によって捉えられるなか、『大切な場所』第三章で述べられるレッド・トップ共同墓地については、フィンチは「この本で描写される場所のなかで、レッド・トップ墓地が恐らく最も変化していない」（*The Primal Place* xii）とコメントする。

フィンチは汚染等産業化による自然破壊、すなわち人間がもたらす否定的変化を嘆く一方、人間の自然への「参加」と「依存」を肯定的に捉え、ケープコッドは「途方もない人間的尺度（スケール）」（Lueders 48）と彼が呼ぶものを持っているとする。またケープコッドが砂地で変化しやすいことにも注目し、「海は変化する。海は物事を変化させる」（Lueders 48）と述べる。ケープコッドは「人間的な動きの尺度（スケール）に答える尺度を持っている」（Lueders 48）ともいう。ケープコッドは自然のプロセスでもなく人間による変化でもなく、両者の「合成」という事実にもとづいた風景であるがゆえに引きつけられると『大切な場所』の「序」でも述べる (xi)。そしてその風景を「歴史的風景」（xi）と呼ぶ。過去から現在へ、そして未来へと変化する風景である。

ソローが「海は今と同じように荒々しく、そしていつも測りがたかった。インディアンたちは海面にいかなる痕跡も残さなかったが、海は文明人にも野蛮人にも同じである。・・・海は地球を取り巻く荒野である」（*Cape Cod* 188）と述べるのとは対象的である。ソローがウォールデン池の水深を測定し、水底を調査したことは知られるが、海は人間の測量の及ばぬところにあり、絶えず同じであると述べる。さらにソローは「海は地球を周回する荒野だ。ベンガルのジャングルよりも野性的で怪物たちに満ち、都市の波止場や海岸沿いの住居の庭を洗う。蛇や熊やハイエナや虎は、文明が進むにつれて急速に消えていくが、最も人口の多い文明化した都市でさえ、その港から一匹の鮫を追い払うこともできない」（*Cape Cod* 188）と述べ、海が人間の影響を受けない荒野であることを強調する。

それに対し、フィンチは海は人間の尺度に呼応し、変化すると主張するのである。ソローはこの作品においては、先住民の自然との交流をも否定する。海岸においても、「カモメの家」（Cape Cod 72）を造り、カモメを巧みにだまして捕獲するマイナスのイメージを先住民に付与している。鯨の肉を屋根の竿にかぶせ、カモメたちが肉を食べているところを、家のなかにいる者が竿の間から引きずり込んで捕らえるというものである。"gulled"（騙される）の語源は恐らくここに由来するという。

フィンチは、自然のサイクルと人間との関わりを、歴史的時間の流れのなかで捉え、ジョン・ヘイ（John Hay）が「根づいた連続性（rooted continuity）」と呼ぶものを援用する。フィンチはインディアンが春にはエールワイフを捕獲していた時代にまで遡り、人間と自然（エールワイフ）との関わりは、経済性を重要視した「実際的な効用」を超えたものであるとし、次のように述べる。

> ジョン・ヘイが「根づいた連続性」と呼んだものがほとんどの町で失われてしまった時代において、ストーニー・ブルックの流れは私たちの始まりとの途切れない生命維持に欠かせない絆を表している。いまだにその流れと、流れの中を泳ぐ魚のなかには生きた記憶が蓄えられている。私たちが、食べるために、肥料として庭に埋めるために、あるいは内陸の川を通る海の冷え冷えとした冷たい力を感じるために、エールワイフを集めるにせよ、エールワイフは私たちに、自然のサイクルとこの惑星上の生命の自由の往来への私たちの継続する参加と究極の依存を思い出させてくれる。（159-60）

ヘイは「根づいた連続性」の例として、肥料としてエールワイフをトウモロコシ畑に埋めることを

「インディアンから学び実行している」と言う（Hay 27）。

フィンチも、様々な自然の変化を通して、「連続性（continuity）」を感じることができるという。それは「巨大で相互に関係のある力の相互作用」（*The Primal Place* 4）である。また、フィンチは人間の場所や土地に根ざした生活を「根づき（rootedness）」（Lueders 44）と植物が根を下ろす比喩で呼び、その歴史と伝統を自らの言葉で「根づいた連続体（rooted continuum）」（Lueders 47）と呼ぶ。そしてそれを、「場所の歴史（local history）」、あるいは「歴史の感覚（a sense of history）」とし、究極的には「物語の感覚（a sense of story）」（Lueders 45）であると言う。ここには支配者が作り上げる歴史ではなく、アメリカ先住民が物語る「物語」としての歴史、そしてすべての人にとっての「その人自身の歴史（your own history）」（Lueders 45）が意識されている。

歴史の感覚

フィンチは、先住民文化を「根づいた連続性」あるいは「根づいた連続体」の始まりとして称えるが、その例として、エールワイフをトウモロコシ畑の肥料にするという、ネイティヴアメリカンから白人が教わった風習をフィンチ自身もいまだ守っている。「その日、私は古いインディアン流にトウモロコシ畑の肥料とするために数ダースのニシンを集めに川に下りた」（*The Primal Place* 153）とフィンチは記している。また先住民族がヨーロッパ人の入植よりもはるか以前よりこの地に住み、彼ら独自の漁業文化を持っていたことを次のように述べている。

ここ何年ものあいだ、ストーニー・ブルック・ヴァリーの土手と斜面沿いに非常に多くのインディアンの遺物が収集されてきた。それらのほとんどはケープコッド自然史博物館の考古学倉庫に収められている。大量の石斧、壊れた石の槌、石核石器が地元の有史以前の人々が長く継続してこの地域を利用してきたことを示す。魚を捕獲するための石の穂先といったいくつかのものは、インディアンの漁業文化がこの谷に七〇〇〇年も以前から存在していたことを示唆している。（*The Primal Place* 142）

先住民と自然の交流に端を発する「根付いた連続体」として捉えられるフィンチの歴史の感覚ではあるが、そこに組み込まれたピルグリムの上陸を彼は評価する。フィンチは、一六二〇年にピューリタンを乗せたメイフラワー号が上陸したゆえに、「歴史的な」意味においてケープコッドを「まぎれもなく特別な場所」（*A Place Apart* xviii）であるとする。"The Primal Place" は「大切な場所」（村上訳）であるが、「最初の場所」でもあり、そこが歴史的に特別な場所であることが、タイトルによって語られる。フィンチはピルグリム・ファーザーズを「彼の家の最初の居住者」（86）として称え、彼らの自然への参加をうたったコンラッド・エイキンの長詩「メイフラワー」（"Mayflower"）からの次の一節を引用する。

・・・ここに眠るのは
マーシーあるいはサンクフル、ここにはアマンダ・クラーク、
ルーファスの妻。彼らは暗闇を恐れず、

今やストーニー・ブルックを通り越して道路を陽気に下る。
本のページからのように牧場から叫ぶ。
彼ら自身の生命によって書かれた彼ら自身の本、
それぞれの眼差し、笑い、そして心痛が忘れることなく書かれている。
シオデを刈り、ロング・フィールドを切り開いたのはルーファス、
自然石の壁で囲い、野生の葡萄のツタの絡まる粘土で湿気のある隅の一画に
途方もない収穫をもたらした。
アマンダは、ヒマラヤスギ、アメリカノウゼンカズラ、
ミント、クコ、オダマキを植えた。
おのおの子供は自分の木を植え、世話をし、
それぞれの木に自分の名前をつけた。このようにして彼らはいまだ生き、いまだ見る。
マーシー、デボラ、サンクフル、ルーファス、そしてアマンダ・クラーク、
太陽の光を称える木々、暗闇を称える声。（87に引用）

作品を通して見られる、ソローをはじめホイットマン、T・S・エリオット (Eliot)、メルヴィル、エマソン、アニー・ディラード、ロバート・フロスト (Robert Frost) などの文学への言及は興味深い。とりわけ、ケープコッドに住んだコンラッド・エイキンへの言及は効果的である。エイキンはジョージア州サヴァンナに生まれるが、一九四〇年にケープコッドのブルースターに移り住んだ。イギリスでの生活を経験した彼は、新世界としてのアメリカに心引かれ、メイフラワー号が到着した土地を再評価した。引用の部分はピルグリム・ファーザーズと呼ばれる人たちが、暗闇を

恐れず、土地を切り開いていく様子を称えたものである。その他、『大切な場所』第三章、第六章、第七章の冒頭でも、エイキンの「メイフラワー」からの一節が引用される。

現代のフィンチがピルグリムたちを「彼の家の最初の居住者」とし、ウィリアム・ブラッドフォードに言及したり、エイキンの詩を引用したりするなど彼らを再評価するのは奇異でもある。多民族・多文化が進んだ今日において、「根づいた連続性」の一部として彼らを組み入れようというのであろうか。彼らピルグリムたちの生存は先住民の助けに負うものであり、長い歴史を持つ先住民文化を前にして、ピルグリム神話は崩壊する。

フィンチは、「根づき」あるいは「歴史の感覚」ゆえに、そして「アイデンティティを求めるために」多くの人が「漂着者（wash-ashores）」としてケープコッドへやってくるが、「たちまちのうちに土着の民（natives）」となり、「本物の土着の民をしのぎ」、自らの物語を神話化するという（Lueders 45）。ピルグリムたちの物語も数多くある物語の一つであったというのであろう。ネイティヴ性の相対化である。それは、グローバルな規模での人の移動、すなわちグローバリゼーションとローカリゼーションとの相克でもある。「メイフラワー」を書いたコンラッド・エイキンもパンクホーンの人々から最初は疑惑の目で見られていたが、やがて受け入れられたという。

ソローも、ピルグリム・ファーザーズの功績について次のように述べ、過大評価はしていない。

ピルグリムたちは現代の開拓者たちの性質はほとんど持っていなかったことを認めなければならない。彼らはアメリカの辺境の住人の祖先ではなかった。彼らは斧をもって森のなかへ直ちに入っては行かなかった。彼らは家族や教会であり、新世界を探検し植民化するというよりも、それが砂の上であっても一緒にいたかったのだ。（*Cape Cod* 256）

また、ソローはケープコッドの浜辺の漂着物拾い（wrecker）という社会的に周縁化した放浪白人を描き、彼をピルグリム、少なくともその子供のペリグリン・ホワイトかもしれないという（*Cape Cod* 59）。ここにもピルグリムを神話化された植民者と捉える向きはない。さらに彼らが樹木の青さを見たのは「ピルグリムの青臭さ」によるものとし、ピルグリムの記録を「全体として正確ではない」とする（*Cape Cod* 255）。

ピルグリム・ファーザーズはイギリス人である。ソローは、むしろそれ以前にアメリカを訪れた他のヨーロッパ人、すなわち、フランス、イタリア、スペイン、ポルトガルの人々に関心を持った。そして、第一〇章「プロヴィンスタウン」において彼らの歴史的記録を辿る。なかでも、一六〇五年にフランスのシャンプランがケープコッドを訪れ、自らの探検について詳細に記載した『航海記』（一六一三）を重視する。また、同じイギリス人の功績でも、一六一六年に出版されたジョン・スミスによって作成されたニューイングランド最古の地図を評価する。さらに、一〇世紀のスカンディナビア人、赤毛のエリックの息子トルヴァルトの探検にも言及する。

すなわち、ピルグリム・ファーザーズがケープコッドのプロヴィンスタウンに最初に上陸したという神話は脱神話化される。そして、彼らはこの土地を訪れた様々な国の人々の一部にすぎないという、事実と現実に冷静に向き合うのである。アイルランド移民の難破で始まる本書でのソローの移民帰化に対する興味は深い。それは、また植物の帰化、すなわち「根づき」と関連づけて述べられる。移民船の船底部に紛れて大西洋を渡り、アメリカに根づいたチョウセンアサガオがその例である。

浜辺一帯は洋種チョウセンアサガオが満開だった。船底部に混じって世界中に運ばれるこの国際色豊かな花、植物のクック船長を見ていると、私は、自分が諸国を結ぶ街道に立っているような気がしたものだ。(*Cape Cod* 14)

歴史家オスカー・ハンドリンの『根こぎにされた人々』(*The Uprooted*)を始め、移民の帰化を植物の帰化、根づきと関連づけて捉えた学者は多い。ソローもフィンチもそうであった。一九世紀のソローも現代のフィンチもピルグリムたちに関心を示しながらも、歴史的に多民族・多文化的な性質を持つ土地としてケープコッドを位置づけた。そして、移民が帰化する様に、植物が根を下ろすイメージを与えた。

生と死(巨大な死体置き場としての海岸)

ソローもフィンチも生物の死を見つめ、海あるいは海岸を死の現実が露呈される場所とする。ソローの『ケープコッド』はアイルランド移民をのせたブリッグ型帆船セント・ジョン号のコハセットビーチにおける難破の描写に始まる。作者であるソローが「地球の三分の二以上を占める海」（*Cape Cod* 3）を見に、一八四九年にケープコッドを訪れたところ、目にしたものは船の難破という惨事であった。これはアメリカが移民国家であることを再確認させると同時に、新天地アメリカへ移民する現実の厳しさを物語る。

海岸に散乱する壊れた船の残骸や溺死した遺体の描写に、強風や荒波といった過酷な自然が人間にもたらす死の事実を読者は突きつけられる。「布が持ち上げられると多くの大理石のような足や髪のもつれた頭部があらわれ、溺死した少女の土色で膨れあがり、傷だらけの遺体」（*Cape Cod* 3）をソローは目の当たりにするのだった。ソローは彼らの魂が天国のより新しい、より安全な港へ着くことを祈る。「なぜ死体のことを気にかけるのか。彼らの友は蛆虫か魚だけだ」（*Cape Cod* 12）と言う。超越主義者ソローは死体は土にすぎず、死者の魂は土としての肉体を離れ、昇天したと信じるのであった。

しかし、海岸を「巨大な死体置き場 (a vast morgue)」とする次の一節では、ソローは超越主義というよりは、より現実的な側面をおびる。

> 海岸は荒涼とした悪臭を放つ場所で、人に媚びへつらうようなところはない。カニ、蹄鉄、マテガイ、その他なんでも海が打ち上げるもの――巨大な死体置き場、そこでは飢えた犬が群れてうろつき回り、潮流が残してくれるわずかな食べ物を集めるために毎日カラスがやってくる。人間と獣の死骸が浅瀬に堂々と一緒に横たわり、太陽と波のなかで腐り漂白される。潮の満ち干のたびに死骸は寝床でころ

がり、新鮮な砂を体の下に敷く。裸の自然がある――非人間的な誠実、人間のことは一考もしない裸の自然、カモメが水しぶきのなかを旋回する切り立った崖を少しずつかじり取る自然が。(*Cape Cod* 186-87)

ここには厳しい野生の死の事実があるのみで、超越主義的な人間の魂と自然との交感はない。シャーマン・ポール(Sherman Paul)も指摘するように、「ソローはケープの住人同様、当然で不可避の事実として、日々の生活や自然の秩序の一部として、死を受け入れた」(382)のである。さらに、ポールは「少しの感傷もない」(382)と言う。魂が昇天し、肉体の死をありのままに露呈する自然は、「裸」であり、また人間には無関心である。それはあまりにも厳しい生存の現実といえる。

フィンチはこの海岸の描写について、「海は全サイクルの一部としての死の存在をほとんど攻撃的に思い知らせる」(Lueders 49)とルーダーズやウィリアムスとの対話において指摘する。さらに、フィンチはこの一節を高く評価し、「殻の堅い、頑固(hard shell)なソローが、彼の殻を砕き、真に驚愕した」と述べる(Lueders 49)。『ケープコッドの潮風』においても「あの殻の堅い(hard shelled)ソローでさえ、外海での恥知らずな死の展示に心を動かされ『巨大な死体置き場だ』と記した」(*Common Ground* 10)と述べる。「恥知らずな」は「裸」と呼応し、生物の生存の現実をありのままに露呈する様である。

パルナッソス版『ケープコッド』に付した序では、フィンチはこの一節を「最も力強い文章の一つ」（xiii）とし、「人間的価値や欲望を反映し確認することを拒否することによって誠実」（xiii）であると言う。リチャード・ブリッジマン（Richard Bridgman）は、媚びへつらいのない自然に対して、「いかなる人間中心主義の体系も超える」（185）と述べる。

フィンチがソローを「殻が固い」と評する理由の一つにソローの「非社交的で人間嫌い」（Introduction to *Cape Cod* xi）が考えられる。例えば、ソローは「慈善の家」に失望する。そこにソローは「マッチや藁、あるいは干し草が見あたらず、ベンチ一つ備え付けていない」「宇宙美の残骸」（*Cape Cod* 78）を見るのであった。そして、「なんと慈善は冷たく、人間は非人間的なのだろう」（*Cape Cod* 78）と叫ぶ。彼が人間社会に背を向け、自然に救いを求めたのは当然であった。そして、自然の非人間性ゆえに、自然に心を動かされたというのは、納得がいくことである。

フィンチは『大切な場所』第一一章「座礁」においてソローを引用し、彼もまた海岸を「巨大な死体置き場（a vast morgue）」（*The Primal Place* 215）とする。この章では座礁したイルカやその他の動物たちの死について述べられる。なかでもイカの座礁が不思議だとする。多くの海洋生物には不可解な座礁本能があり、生物の座礁による死を厳しい「生存の現実」（*The Primal Place* 213）とする。

陸では生物の死の現実が隠されるが、海はそうではなく、生死のサイクルとしての死が「現実」として知覚できるのである。内陸部では「落ち葉の毛布と早い腐敗で死骸を覆う」が、海は「威厳があるというよりはむしろ正直なので非常に率直に死体をさらけ出す」（*The Primal Place* 214-15）と言う。ここで、「正直」「率直に（candidly）」はソローの「誠実（sincerity）」と同様、ありのままの「裸の自然（naked nature）」がさらけ出される様である。それは生死の現実を「ありのままに（nakedly）」（*The Primal Place* 214）人間が見つめることでもある。

第一一章冒頭では、「孤独で、どこか離れて、隠れて死ぬのが動物の本性」（202）と述べるルイス・トマス（Lewis Thomas）の詩、「野外の死」が引用される。トマスはずっとリスに困らされながら生活してきたにもかかわらず、リスの死骸を見たことがないという。第一二章「湾の氷」においても、水域における生物の生死の現実が知覚され、「死は生の座礁したあかし」（*The Primal Place* 229）であるとする。

ルーダーズやウィリアムスとの対話において、フィンチがソローの「巨大な死体置き場」に言及するのは、『大切な場所』第一一章について語る時である。フィンチは生死のサイクルとしての自然を「現実」として知覚し、「現実が変化といった概念を得る源泉である」（Lueders 49）と述べる。一九世紀のソローにとっても現代のフィンチにとっても、海は「巨大な死体置き場」であり、生き物の生死のサイクルが自然界の現実、「生と死の証拠」（Lueders 49）として最もよく現れるところである。

自然と人間（風景の一部としての人間）

ソローは超越主義、あるいはロマン主義者としての側面を持ち合わせ、人間の内面、あるいは魂と自然との交流を重視したと一般に知られる。そして『ウォールデン』では「より高い法則」を唱え精神をより高次のものとした。そして、肉体は「神の神殿」とし、肉体も神聖であるとした。しかし、『ケープコッド』においては、ソローは超越主義というよりは、より現実的になり、「田舎の人間に見せている池のような外観を失うまで海と付き合いたい」（*Cape Cod* 177）と望む。そして海が「巨大な死体置き場」であることを認識し、さらに、海岸での漂着物拾いに自らを投影することによって、海との現実的な付き合いを成就する。

漂着物拾いはケープコッドの風景の一部となり、土地と一体化した、ソローにとっては理想的な人物として描かれる。彼は「本物のケープコッドの男」（*Cape Cod* 59）であり、彼の顔は「一枚の生命を与えられた古い帆布のようでもあり、風雨に打たれた肉体をぶら下げた崖のようであり、砂丘にころがる大きな粘土岩のようであった」（59）とされる。また、彼は「まじめすぎて笑えず、頑固すぎて泣けず、蛤のように無関心」（59）とされ、フィンチの言う「殻の固い」ソローのイメージに合致する。さらに彼は、「海岸の真の王」「浜千鳥のように」土地と「一体化している」（60）と述べられる。

シャロン・タリー（Sharon Talley）は超越主義者の感受性を一般化し、ソローも例外ではないと、次のように述べる。「超越主義者のラベルを貼られたほとんどの人々のように、ソローはすべての知識は感覚を通して直接に得られるというロックの理論を否定した。・・・そのかわり、ソローは内なる神の声と同一視される生得の知識を持って人々は生まれたと信じた」（7）。しかし、ソローのジャーナルには感覚の重要性も述べられていることをタリーは指摘する（23）。そして、人間嫌いのソローが人間と持たなかった触覚、すなわち、母とのスキンシップの欠如や女性との肉体関係を持つことへの嫌悪に起因する触覚への希求を、「砂の足跡」として「ケープコッドに跡づけた」（269）と指摘する（Talley 32）。『ケープコッド』において、ソローは感覚を備えた肉体存在としての自らと、自然との物理的な関係を描いたのである。

それから一二〇年後、海岸の開発にもかかわらず、フィンチはケープコッドの海岸をソローが観察したように捉えた。それは「自然界の現実」（*Common Ground* 103）であるとし、次のように述べられる。

> ソローの『大きく本当のケープコッド・・・荒涼として悪臭を放つ場所、人にこびへつらうようなことはない』は商工会議所の言う「素敵な海浜リゾート」になっている。だがそこに四〇トンもの死肉が打ち上げられ、そうした薄っぺらな媚びへつらいが嘘だと言った。悪臭を放つ肉はそれでも生物の悪臭であり、我々を反応と応答に駆り立てる。それが理由で私たちは鯨を見にやってきた。その無言で動かぬ巨体はそれを私たちは求め、そこから尻込みする究極の不可知の他者を表していた。そして警官のハンドマイクよりも大きな声で宇宙は応答あるいは無関心のみでなく、肉体をもつ主張で満ちていると叫んでいた。（*Common Ground* 104）

ここにおいて、フィンチは生き物が肉体を持つものであり、死が生存の現実であることを語る。そして人間と自然とのより物理的で感覚的な関係を重視し、人間と鯨という生き物（自然）が死においても「反応と応答」することを語る。

『大切な場所』第一〇章「潮干狩り」では、フィンチは「ヤドカリが借り物の殻から外に出され、座礁し、裸で未完のまま、砂浜に放り出されるように、自己という殻からつまみ出される」（196）感覚を味わう。潮干狩りはカタルシス効果があり、外の美しさに対する感受性を研ぎ済ましてくれるという。フィンチはソローを「殻の堅い」あるいは「堅い殻」と評したが、フィンチ自身は、自らの殻から抜け出て、裸になり、肉体存在として自然との一体感を味わうのである。フィンチは「我々の驚きや美の感覚は、我々が日々の生活を得ている編まれた現実や物理的世界の織物の最も深いレベルに組み込まれていることを教えてくれる」（198）と述べる。さらに、不思議や美を感受する人間の感覚について言及するが、それは、神の顕現による超越主義的なものではなく、より科学的な感覚上の刺激によるものだとする（198）。

　そうした自然との一体感は、都会の孤独から人間を救い、人間同士の絆のみならず、場所への帰属感を生む。「多様で相互依存的な全体とのつながりが深ければ深いだけ、何かの弾みで突如、すっかり置き去りにされたと感じなくて済む」と述べ、「人のこころは事物の根底に置かれ・・・決して途方に暮れてしまうことはない」（*The Primal Place* 201）と結論づける。

　フィンチが理想とする自然と人間との関係も、ソローの漂着物拾い同様、人間が自然と一体化し、人間が風景の一部となることである。パンクホーンに住むチャーリー・エリスがその例である。チャーリー・エリスはメルヴィルが『白鯨』で描いた「ケープコッド出身の男」、二等航海士のスタッブそっくりだと描写される。がっしりとした体格、主観を交えない好い気質と呑気な性質が似ているという（*The Primal Place* 94）。彼はロブスター捕りの漁業に従事していたが、現在は引退し、エイキン一家の家「四一のドア」を管理し世話する。落ち葉のかき集め、嵐の後の家の点検、春の庭の手入れ、夏の屋根の葺き替えなどである。

チャーリーは「そこでは、定着物の一つだ。五月には庭でリギタ松の枝で脆弱な巣を造る光沢のある首をしたナゲキバトや一〇月にエイキンの家の横にある果樹園に落ちたリンゴを食べるためにストーニー・ブルック・ロードを横切る茶色の鹿のよう」（*The Primal Place* 92）と描写される。彼は自然（動物）と一体化し、風景の一部となっているのである。『ケープコッドの潮風』においては、次のようにフィンチ自身のことについて述べる。

コチョウゲンボウのように私もまた今や風景となる。もっとも、もっと包括的な自然の風景に影響を及ぼし、一体化する必要のある人間的すぎる風景かもしれないが。最初にコチョウゲンボウに出会った時よりも今はいろいろと務めを果たさなければならない。だがこうしたことは私の根となり、深く張って、コチョウゲンボウと同じ足場、同じ止まり木に私を置いてくれた。（*Common Ground* 142）

ここにおいて、人間中心主義を脱却出来ない危険性を自覚しながらも、彼自身、土地に「根づいた」と述べ、自然との一体化を語る。

終わりに

以上、ソローとフィンチを比較しながら、ケープコッドについて考察した。両者には、周遊、自然のパターン、エッジでの創作、四季の変化、一年が円環をなし春に回帰する点、初期入植者の一部としてのピルグリムへの関心、ケープコッドを多民族・多文化の場とすること、海を「死体置き場」と捉える点、生き物の生死のサイクルを生存の現実と考えること等、共通点が多くあり、フィンチはソローの影響を強く受けたと思われる。ある時は引用や言及によって直接にその影響が語られ、ある時は間接的に示唆される。ソローがネイチャーライティングの始祖と言われ、フィンチ以外にも多くの作家に影響を与えたことを考える時、それはケープコッド文学、ひいてはネイチャーライティングの伝統とも言える。他方、両者の間には一二〇年という時の経過があり、当然のことながら、人間と自然との関わり、あるいは人間が自然に及ぼす影響において、変遷が見られる。

ソローは『ウォールデン』を「経済」と題する章ではじめ、商売やビジネスといった経済活動を呪い、アメリカ初期資本主義を批判した。『ケープコッド』では人間や動物の死体が漂着し、生死のサイクルが現実として露呈される荒地としての海を描いた。フィンチの作品をソローと比較考察する時、こうしたネイチャーライティングの根底にあるものは変わらない。しかし、今日人間の経済活動はより活発化し、産業資本主義の弊害としての自然環境破壊がより進んでいることは、否めない。産業資本主義の弊害としての自然破壊は景勝の地、ケープコッドにまで及ぶ。フィンチはそうした自然破壊を嘆く一方、自然を称えようと務める。また、産業化に伴い、汚染物質等により人間の身体が侵される今日、自然との関係において、精神だけではなく、身体（肉体）の重要性が認識されなければならないことは言外である。

生産性を重視した経済活動に翻弄されることなく、生物の生存の現実を直視し、人間も生物、すなわち自然の一部であることを自覚することをこれらの作品は教えてくれる。そして、何が人生にとって本質であるか、いかに生きるべきかを考えさせてくれる。ソローは『ウォールデン』において、彼が森へ行ったのは「思慮深く生活して人生の本質的な事実とだけ面と向かい合いたかったし、人生の教えることを学べないものかどうか見たかったし、死ぬときになって自分は生きなかったと思いたくなかったからだ」（*Walden* 100-01）と述べた。彼がケープコッドへ行ったのも同じ理由であろう。フィンチは『ノートン・ブック・オブ・ネイチャーライティング』の「序」において、すべての文学は「いかに生きるべきか」を問うが、この問いは自然環境との関係において最も切迫した形を取ると言う（28）。海と陸のエッジとしての地理的特徴を持ち、歴史的にも特別な場所としてのケープコッドは、環境危機に瀕した地球にあって「大切な場所」であり、私たちにいかに生きるべきかを考えさせてくれるであろう。

第9章　ロマンティックな海からグローバルな共有地としての海へ
——ロングフェロー、メルヴィル、イアン・ウェッド——

はじめに

地球の表面のほぼ三分の二を覆う海は古くからグローバルな共有地として知られる。近年では、世界環境保全戦略は共有地とグローバルな共有地を、次のように定義している。「共有地は共同体の構成員が共同で所有し使用する土地または水域である。グローバルな共有地は国家の管轄を超える地球の表面の部分を含む。特に公海とそこに見出される生きた資源、あるいは共同で所有するもの、特に大気」（第一八章）。

本章は、ヘンリー・ワヅワス・ロングフェロー（Henry Wadsworth Longfellow,1807-82）、ハーマン・メルヴィル、そして現代のニュージーランド作家であるイアン・ウェッド (Ian Wedde, 1946-) のいくつかの作品を取り上げ、文学が描く海がロマンティックなイコンからグローバルな共有地へ変容する様を論じる。そこには産業資本主義の進展にともなう海の汚染や資源の乱獲といった環境問題の顕在化がある。

近年の経済産業的グローバリゼーションによって周縁の国であるニュージーランドの海は汚染の

危機にさらされている。『白鯨』（*Moby-Dick*, 1851）のクイークェグがニュージーランドの先住民マオリを原型とする最近の研究をもとに、マオリ先住民の精神や知恵を環境保全に求めたメルヴィルやウェッドを論じるものでもある。

これら三人の作家の海の描写には相違があるが、共通点もあり、彼らは一様に、永遠の潮の干満のなかに人間中心主義を脱却する宇宙や自然の力を認めた。

ロングフェローとメルヴィルのロマンティックな海

ロングフェローはニューイングランドのメイン州、ポートランドに生まれた。彼の感受性は海によって育まれ、ヴァン・ウィック・ブルックス（Van Wyck Brooks）も「ロングフェローの心は海と共にあった」(307) と述べる。ロングフェローにとって詩と詩人は海そのものであり、「ミルトン」（"Milton"）において詩人ジョン・ミルトン (John Milton) を海の最も力強い波に喩えている。

ロングフェローのロマンティシズムはヨーロッパへの旅により培われ、彼の魂は、ヨーロッパのロマンティシズムに魅了された。またロングフェローは、過去や原始的なものに対するロマンティックな憧れも持っていた。彼は、メルヴィル同様、アングロ・アメリカン以外の人々、とりわけネイティヴアメリカンに友好的な共感を持っていた。「ハイアワサの歌」（"The Song of Haiawatha," 1855）はリズムを持った物語詩であり、古代スカンディナビアのサガ、フィンランドのカレワラに由来する形式を持つ。ハイアワサはアメリカ先住民であり、自らを犠牲にしても、人々や国家のために断食をして祈る「高貴な野蛮人」である。ロングフェローは原始の存在、原始の人々の他人への思いやり、自然崇拝や自然との交流、生死を自然のサイクルとみる生死観に惹かれた。

伝統的なロマンティックなイメージは海を究極の聖域、あるいは瞑想の領域として捉えた。それはアメリカの過酷な市場経済に代わるヴィジョンともいえる。伝統的なロマンティックな詩人とも言えるロングフェローは、海をロマンティックな伝説、神話、そして神秘に満ち溢れたものとして描いた。「海の秘密」（"The Secret of the Sea," 1850）において、詩の話者は、「ああ！なんと快いヴィジョンが私にとりつくことよ。／私が海を見つめる時、すべての古いロマンティックな伝説が、／すべての私の夢が、蘇る」と詩を始める。話者は老いた舵手に彼が歌う歌を教えてくれと頼むスペイン人のアルナルドス侯爵の経験を思い起こす。歌は「海の秘密」についてであると舵手は答え、「危険を顧みない者だけが、／その秘密を理解する！」（*Seaside* 6）と続けて言う。詩の終わりで、アルナルドス侯爵と同様の満たされぬ思いで話者は海を見る。

ジョゼフ・フリバート（Joseph Flibbert）は、「主流の詩」のなかで、この場面は『白鯨』第一章の「海を見つめる人々」、「何千もの人が海の瞑想に耽る」(4)を思い起こさせると指摘する（110）。ナルシサスのように、彼らは「捉えがたき人生の妄想のイメージ」によって海に惹きつけられるのである。「瞑想と水は永遠に結び付けられる」(4)と語り手イシュメルも語る。フリバートはメルヴィルの小説『白鯨』を詩として取り扱っている。その根拠はいかなる時代においても海の詩は象徴的であり、『白鯨』も象徴的であるからだという(110)。

第三五章「マストヘッド」においてイシュメルは再び海の瞑想について語り、海を魂の目に見えるイメージとして捉える。イシュメルは、「ロマンティックで憂鬱で放心状態」(158) の若者が「空虚で無意識な瞑想のアヘンのような無関心にいざなわれ」「足元の神秘的な海を、人類と自然に広がる、深く、青く、底なしの魂の目に見えるイメージと捉える」(159) と語る。エイハブもまた、エマソンのように、物質を超越的精神の表れと見なし、物質と精神、自然と魂の結合を「結び合わされた類似」として考え、次のように言う。「ああ、自然よ、そして人間の魂よ！おまえの結び合わされた類似は言葉で言い表せない！　物質のどんな小さな原子も精神に巧妙な写しを持たずに動いたり、生きたりすることはない」(312)。

イシュメルがロマンティックな風景を求めて海へ向かったのは不思議ではない。メルヴィルにとって産業資本主義の搾取ゆえに陸には緑の野原は残っていなかったからである。「緑の野は失われたのか」(4) とイシュメルは問い、なぜ彼自身や他の人々が海へ赴いたかを説明する。イシュメルのこの疑問はアンティベラム期の都市部の発達とそれに伴う草地や野原の喪失について間接的にコメントするものである。キャロル・スミス・ローゼンバーグ (Carol Smith-Rosenberg) はニューイングランドの土地の過度の農作や通商や運輸の発達を理由とする (80)。メルヴィルの語り手イシュメルも、ニューイングランドの風景について、「ソーコの谷で、最も夢想的で、陰があり、静かで、魅惑的なロマンティックな風景」(4) は水の「流れ」(5) であると言う。ソーコはニューハンプシャー州北東部とメイン州南西部を流れる川である。

イシュメルは「有料道路の陸地――奴隷のような踵や蹄の跡で至る所へこんだありふれた道路」

を憎む一方で、「記録を許さぬ広大な海」（60）を讃える。海は「歪曲を知らぬ原始の世界」（414）で、「伝統と町の惨めな歪曲の記憶」（190）の向こうに広がる。

W・H・オーデン（Auden）は、『怒れる海』（*The Enchafèd Flood*）において海のロマンティックな図象学について論じ、海は「原始の潜在的力の象徴」（27）であるという。オーデンは『白鯨』の次の一節をロマンティックな海の典型的な描写であるとする。「この怖ろしい海が緑の陸地を取り囲むように、人間の魂には平和と喜びに満ち溢れる一つのタヒチ島があり、半ばしか知られていない生命のあらゆる恐怖に取り囲まれている」（274）。

この一節について、ハスケル・シュプリンガー（Haskel Springer）とダグラス・ロビラード(Douglas Robillard)は、「この島〔タヒチ島〕は、イシュメルがその価値を拒否する陸地ではない。むしろそれはイシュメルの内なる海のどこかにある心理的逃避の場所を示唆している」（136）と言う。デイヴィッド・C・ミラー(David C. Miller)はイシュメルの「タヒチ島」は「魂の深み」からくる取りつかれたヴィジョンで、「経済的かつ道徳的努力の世界からの内的退却である。・・・内奥の聖域、瞑想の領域、ルーミニズム絵画の特質をなす静寂とナルシシズムに関係する」（237）と言う。ロングフェローもメルヴィルも海をロマンティックなものと捉え、人間の魂と海を結び付けたのである。

同時に、ロングフェローもメルヴィルも海の潮や波を人間の魂や活動とは無関係なものとしても描いた。彼らは二人とも海の干満やうねりに生命力、豊饒、そして不変性や永遠性を見出し、それを人間の可変性や無常性と対照させた。

海の潮

ロングフェローの「ヘスペラス号の難破」(“The Wreck of the Hesperus,” 1841)(*New Anthology* 228-30)は一八三九年一二月一四日、ニューイングランド沖合で冬の嵐によって引き起こされる悲惨な難破を取り扱ったものであり、海の危険や恐怖を描いている。難破によって無垢で美しい船長の娘は悲劇的な死を遂げる。難破の後、「塩からい海は、サンザシの蕾のように白い彼女の胸の上で凍り」、「優美な亜麻のように青い」彼女の目には「塩の涙」が浮かび、彼女の美しい髪は今や「茶色の海藻のよう」であると描写される。脅威となるのは「怒れる海」そのものよりは、「残酷な岩」である。海の波は「白く羊毛のよう」で「梳き櫛ですいた毛織物」のように優しいが、残酷な岩は「怒れる牛の角のように彼女の脇腹を突き刺した」のである。永遠に「うねる波」は人間の生命の無常性とは対照的である。

潮の永遠の干満はロングフェローの「潮は満ち、潮は引く」(“The Tide Rises, the Tide Falls,” 1879)(*New Anthology* 258)の主題である。詩において旅人は海岸へ戻ることはないが、夜の暗闇の後「朝が明け、昼が戻る」ように、潮は満ち、潮は引く。「柔らかく、白い手」を持った波が、砂に残した旅人の「足跡を消し」忘却に洗い流す。海の絶えず動く波が人間のドラマの無常性を知っ

写真六　ハーバード大学付近に残るロングフェロー邸
筆者撮影

ているのである。潮の干満が不可避であるばかりでなく、昼から夜、そして暁への変化もまた、永遠であり、不可避な自然のサイクルである。

ロングフェローとメルヴィルは両者とも海に惹きつけられた。ロングフェローは主に大西洋に、メルヴィルは主に太平洋に。彼らの作家としての生涯は全く異なるものであった。前者はハーバード大学教授であり、後者はいかなる高等教育も受けていない。（写真六は現在もハーバード大学付近に残るロングフェロー邸である。）メルヴィルにとっては、捕鯨船が教育の場であり、『白鯨』においても、イシュメルに「捕鯨船は私のイエール大学でありハーバード大学」（112）と語らせる。

二人の作家の様々な違いにもかかわらず、『白鯨』の結末の文章は、ロングフェローが詩において描いたのと同じテーマ、すなわち、人間は無常であるのに対し、海は永遠不変であるというテーマを扱っている。次が結末の文章である。「いまや小さな海鳥がまだ口を開いている深海の上を叫びながら飛んだ。陰鬱な白波が深海の険しい側面にうちつけた。そしてすべては崩れ、海の大きな帷子は五千年前にうねったと同じようにうねった」（572）。この引用において、聖書の年代によると、「五千年前」はノアの洪水の時期に当たる。

海の永遠性や不変性を強調するためのノアの洪水への言及は第五八章の次の文章にも見られる。「同じ海が今もうねる。その同じ海が昨年も難破船を破壊した。そう、愚かな人間よ、ノアの洪水はまだ引いていない。美しい世界の三分の二を覆っている」（273）。海は「永遠の未知の世界」（273）、人間には未知の神話化された世界なのである。エリザベス・シュルツ（Elizabeth Schultz）もメルヴィルの結末の文章は「堕落以前の状態に戻ろうとする自然の回復力である」（110）と海の神話的永遠性を強調する。

メルヴィルは海だけではなく、クジラの永遠性や不滅性についても語る。

> 我々はクジラというのは個においては滅びるが種においては不滅であると考える。クジラは大陸が海の水を分かつ前から海を泳いでいた。クジラはかつてはチュイルリー宮やウィンザー城、そしてクレムリン宮殿の敷地の上を泳いでいた。ノアの洪水ではノアの箱舟を見下した。そしてたとえネズミを殺すためにオランダのように世界が再び洪水に見舞われるとしても、クジラはなおも生き残り、赤道の潮の最上の波頭に頭をもたげ、空に向かって、挑戦的な泡を吹き上げる。（462）

最後、ピークォド号の乗組員はすべて海の底へ沈むが、クイークェグのために用意された棺桶にしがみついていたイシュメルのみが生き残る。「しかし、ほとんどの批評家が注目しなかったことは、メルヴィルの本にはもう一人生存者がいたことである。それはクジラである」（359）とフィリップ・ホア（Philip Hoare）は指摘する。クジラは「不滅で全知の力」を持ち続け、「人間の理解と物理的次元を超え、絶えず宇宙へ向かって回転する」（359）とホアは続けて言う。

潮汐あるいは海水の干満や波は、実際には科学的現象である。海面の波は風によって引き起こされるが、潮の干満は月や太陽の引力と地球の回転によって起こる。海に作用する気象学的な力は、地球、太陽、そして月が永遠に調和のとれた秩序を保つ宇宙のデザインとパラレルな関係にある。それは、人間中心主義を脱却するものであり、ロングフェローもメルヴィルも恐らくそのことを意識していたのである。

メルヴィルは『クラレル』（*Clarel*,1876）において、タヒチには「潮の満ち引きもなく、波が平和に打ち寄せ、／浜辺には棕櫚の木が育ち、／オマイのオリーヴ色の肌をした種族の木陰となる。／タヒチはキリスト降臨の場所であるべきだった」（445）と書いている。メルヴィルにとって、タヒチは海の潮という観点からも特別な場所であった。タヒチにおいて潮の干満がほとんどないというのは、科学的に真実である。レイチェル・カーソンは『われらをめぐる海』（*The Sea Around Us*, 1961）においてタヒチでは「月に反応する動きがほとんどない」（192）と述べ、このことを科学的に肯定している。自然は神話であれ科学であれ、人間とは無関係に独自の体系を持っているのである。

白鯨モウビー・ディックは宇宙（コスモス）／自然の「代行人」であり「原理」（164）である。「クジラを救え、地球を救え」のメッセージが白鯨を通して伝えられる。宇宙／自然は人間をかまってくれないが、人間は宇宙／自然のことを気にかけなければならないのである。というのも、自然あるいは宇宙はその調和を乱されることに対して復讐するからである。モウビー・ディックは搾取的な捕鯨への復讐としてエイハブの片足を「鎌のような下顎で、草刈人が草を刈るように刈り取った」(184) のである。モウビー・ディックによるエイハブの片足切除は自然の営みとして捉えられるのである。

グローバルな共有地としてのメルヴィルの海

◆共有地の悲劇

メルヴィルはまた海を現実の環境と捉え、海をグローバルな共有地として描いた。「共有地」という言葉はイギリス社会史における「共有地」と「囲い込み」と関係がある。イギリスの古いコモンロー下の解放耕地制における共有地で、干草用に牧草地の草を刈ったり、家畜に草を食わせたりする伝統的な権利に「共有地」は言及している。モウビー・ディックがエイハブの片足を刈り取る場面の他に、メルヴィルは、セミクジラが魚卵を食べる描写において、共有地の歴史的定義を意識していたかもしれない。次のような描写である。「朝の草刈り人が、並んで、湿地の長く湿った草をゆっくりと泡立つように大鎌で刈り進むように、これらの怪物は奇妙で草を切るような音を立てて泳ぐ。そして背後には黄色の海に果てしない青い刈り跡を残している」(272)。静穏なパストラル的描写である。

しかしながら、近年、共有地の資源はギャレット・ハーディン (Garrett Hardin) が論文「共有地の悲劇」("The Tragedy of the Commons") で指摘するように、乱獲される恐れがあることが知られている。ハーディンの「共有地の悲劇」論に言及し、ビュエルは次のように述べている。「もし、共有地の悲劇があるならば、海は最大である。そしてそのようなことが起こるかもしれない(*Endangered World* 199)。

『白鯨』において、メルヴィルは海をグローバルな共有地として捉え、そこで、アメリカ合衆国の資本がグローバルな秩序を支配し、海の共有資源を搾取する様を描いた。ビュエルはさらに次のように指摘する。「『白鯨』はグローバルな資本主義の支配体制下に世界が入る頃に書かれた。それはグローバルな範囲でアメリカの企業が指導力を持つ採取産業を分析する英語圏文学の最初のキャノン作品である」(*Endangered World* 205)。ピークォド号が航海する海はヤンキー、とりわけナンタケットの捕鯨員によって支配されていた。イギリスの政治家エドマンド・バークも一七七五年、議会において「彼らナンタケットの捕鯨員によって荒らされない海はない」と述べている。

メルヴィルの捕鯨船での旅は一八四〇年代のことであり、『白鯨』は一八五〇年から一八五一年にかけて書かれた。一八三〇年代までにアメリカ合衆国は捕鯨業において世界を制覇しており、『白鯨』執筆の頃、アメリカは捕鯨業の全盛期であった。メルヴィルは自国アメリカの捕鯨産業の全盛期を目の当たりにしたのである。語り手イシュメルは「我々アメリカの捕鯨員数は世界の他の捕鯨員の総数よりも多い」(109)と述べ、「ヤンキーが一団となって一日に殺すクジラの数は、イギリス人が一団となって一〇年間で殺すクジラの数より多い」(239)と述べる。

一八、一九世紀においてクジラから採れる油を目的として多くの捕鯨船が出航した。とりわけマッコウクジラの脂肪からは上質の鯨油が大量に採れ、脳からは脳油が採れる。鯨油は照明、機械油、蝋燭の原料として使用された。クジラの数は瞬く間に減少した。北アメリカ付近の漁場では一九世紀初頭までにクジラの捕獲は尽き、限界にまで達していた。アンドルー・デルバンコ（Andrew Delbanco）が指摘するように、メルヴィルの物語は「人間の欲望のために自然を搾取することへの恐ろしいまでの代価について警告するものである。それは破壊者にふりかかる自己破壊についての物語である。結末の黙示録的なヴィジョンは不気味なほど今日にも直接関係する」（*New York Times* に引用）。

実際、物語においてクジラの絶滅の可能性が示唆されている。メルヴィルはイシュメルに次のように自問させる。「鯨がこれほど広範囲な追跡と容赦ない捕獲にこれ以上耐えることが出来るのか。鯨はついに海から消えていなくなるのではないか。そして最後の鯨は、最後の人間のように、最後のパイプをふかし、最後のひと吹きで消散してしまうのではないか」（460）。さらに、鯨の絶滅がバッファローの絶滅と比較され、次のように述べられる。

> 瘤のある鯨を瘤のあるバッファローと比べると、バッファローは四〇年もならない前には、何万ものイリノイやミズーリの草原に群がり、鉄のたてがみを振い、雷で固めた眉で人口緻密な川辺の町を睨み付けていたが、今はそこでは、慇懃な仲買人が一インチ一ドルで土地を売っている。このように比較していると、追跡される鯨は今や急速な滅亡をまぬかれないという、抗し難い議論がでてくるように思われる。（460）

加えて、捕鯨産業は汚染をもたらす。『白鯨』は、以前には鯨を追い求める叙事詩的な物語としてしばしば論じられたが、現在では産業地獄の恐ろしいヴィジョンを呈する物語としての側面を強く論じられるようになった。鯨の脂肪を油にするのに汚染物質が生じる様が次のように描かれる。

鯨は自分の煙を消費してくれたらいいのに。というには鯨の煙は吸い込むには恐ろしいが、それを我々は吸わなければならない。それだけではなく、当座はその中で生きなければならない。・・・それは審判の日の左翼のように臭う。それは地獄の存在を証明する論拠となる。(422)

鯨油生産技術は有毒な煙と煤を排出する。この地獄のヴィジョンは次の引用のように黙示録的である。

燃える船は、あたかもなにかの復讐的行為に無情なまでに向かうかのように突き進む。・・・煙は緩慢に塊となって巻いて流れた。・・・風が唸り、海は飛び跳ね、船は呻き、突進する。そして絶えず海と暗黒のなかに赤い地獄を推し進め、そして口に白骨をさげすむようにくわえ、あたりに邪険に唾を吐きかける。そして突進するピークォド号は蛮人を乗せ、炎を積み、死体を焼き、暗闇の黒さに突き進み、偏執狂的指揮者の魂の物質的な写しのように思えた。(422-23)

ここで、「偏執狂的指揮者」とはエイハブのことである。C・L・R・ジェイムスは、エイハブは「産業文明のものすごい機械の力」(11) に直面すると指摘する。そして、エイハブ自身産業的機械のイメージで捉えられる。例えば、義足とそれを作る大工のハンマー、そして炉などである。

鯨油は利潤となる。海洋での利潤追求を優先する産業資本主義は、マニフェスト・デスティニーやアメリカ化の前進、帝国主義、そしてグローバリゼーションと結びつけられる。そこには破壊的な製造過程によって産出される物質による汚染等の問題が生じる。

油漏れも語れる。スターバックが樽から鯨油が漏れているのに気がつき、「油が船蔵から漏れている」（474）と叫ぶ。それは利潤となる鯨油の損失でもある。しかし、エイハブは「漏らしておけ」と応答する。『白鯨』における鯨油漏れは現代の石油産業での悲惨な出来事の前兆となるかもしれない。ランディ・ケネディ（Randy Kennedy）は『ニューヨーク・タイムズ』へ寄せた「エイハブの視差――『白鯨』と流出」において、二〇一〇年のメキシコ湾での石油流出に言及し、デルバンコを引用する。「メルヴィルの時代の鯨油に対する容赦なき追跡と今日の石油に対する追跡の間に類似を見出すのは抗し難い」と。また、ホアも「捕鯨員は一種の海賊鉱山労働者である。海の油を採掘し、産業革命の炉に火をたく。地球の石炭を掘り起こす人のようだ」（108）と述べる。

◆グローバリズムとエコグローバリズム

このようにグローバルな規模での産業的あるいは経済的な活動は、ピークォド号上の人間のヒエラルキーと直接に関係する。ピークォド号には地球上のあらゆる地域からの人々が乗り込んでいる。しかし、そこには階層があり、アメリカ人、とりわけニューイングランドの人々が上位を占め、他の国の人々は下位を占める。ビュエルはピークォド号の民族構成を「エスニシティのグローバル・ヴィレッジ」（*Endangered World* 206）と呼ぶ。そこでは「生粋のアメリカ人は頭脳を気前よく提供し、他の世界からの人々は惜しみなく筋肉を供給する」（121）と述べられる。

その拡張主義的な衝動はグローバリズムの政治経済的な側面を持つ。「アメリカをしてテキサスにメキシコを加えさせよ。キューバをカナダに積み重ねよ。イギリス人に全インドに群がらせよ。そして太陽から輝く旗を掲げよ。この水陸から成る地球の三分の二はナンタケット人のものだ。なぜなら海は彼のものだから。彼は皇帝が帝国を所有するように海を所有する。その他の水夫は海を通る適切な道を知っているだけだ」(64)。この拡張主義的な衝動は日本開国をもせまる。「もしあの幾重にも閉ざされた国、日本が外国人を迎えることがあり得るとすれば、その功名を負うべきものは捕鯨船のほかにはない。いや、もはやその戸口に迫ってすらいるのである」(110)。

他方、メルヴィルは捕鯨員と捕鯨業のグローバルな規模での旅を次のように賞賛した。

過去何年ものあいだ捕鯨船は地球上の最も遠く未知の世界を探索したパイオニアだ。・・・もしアメリカとヨーロッパの軍艦がかつての蛮族の港にいまや平和に停泊するならば、捕鯨船の栄光と栄誉に礼砲を発射せよ。なぜなら捕鯨船は軍艦に道を示し、最初に蛮人との間を通訳したのだから。（110）

捕鯨船によって「旧スペインの首枷からペルー、チリ、ボリビアの解放が成就され、それらの地域に永遠の民主主義が確立された」(110)。オーストラリアは「捕鯨船によって文明化した世界に引出された」(110)。ポリネシア諸島では、捕鯨船は「宣教師と商人のために道を開いた」(110)などである。エドワード・サイードが指摘するように、「メルヴィルの貢献はアメリカの世界での存在の破壊性同様有益な影響を伝える」(364) のである。「アメリカ人のみが『白鯨』を書き得た」(358) というサイードの指摘は正鵠を射たものである。

ビュエルは環境を全地球的な広がりのなかで考える「エコグローバリズム」("Ecoglobalist Affects" 227) を提案する。ビュエルによるとエコグローバリズムについては、『白鯨』の鯨学は『ウォールデン』の陸水学を凌ぐという ("Ecoglobalist Affects" 240)。グレン・ラヴ (Glen Love) もメルヴィルの鯨学と自然科学は「エイハブの人間中心主義」を非難するという (52)。

第四四章「海図」においてエイハブが鯨の地球規模での動きを考察する際にも、彼の人間中心主義は非難される。エイハブは「あらゆる潮流や海流の動きを知り、それによって抹香鯨の餌の流れを予測することができる」(199) と高慢にも考えるからである。この章は、一〇三章の鯨骨の測量とともに、自然科学がいかに人間中心主義を戒めるかを教えてくれる。

メルヴィルはまた第八七章「グランド・アルマダ」において、地球規模での産業資本主義批判としてのエコグローバリズムのヴィジョンを示している。東南アジアのスンダ海峡における次のような描写である。

東洋の海の何千もの島々を富ます香辛料、絹、宝石、黄金、そして象牙の尽き果てぬ富を考える時、そのような宝が、限りなく貪欲な西洋世界から、無駄ではあるが、地形そのものによって少なくとも外見は守られているのは、意義深い自然の意図であるように思われる。(380)

「限りなく貪欲な西洋世界」から守られて、鯨の母親はそこで生まれたばかりの子鯨に授乳し、若い鯨は「自由にそして恐れることなく」愛の営みの「戯れと歓喜」(388-89) に酔うのである。

メルヴィルとイアン・ウェッド――マオリ精神

多くの文学は、先住民の原始的文化に人々と協同して環境と共に生きる知恵を求めてきた。メルヴィルもそうであり、『白鯨』で描かれるクイークェグがその一つの例である。クイークェグの道徳的優越が作品において語られる。イシュメルとの友情においては、「酔っぱらいのキリスト教徒と寝るよりはしらふの人食い人種と寝る方がましだ」(24) とイシュメルは語り、ピークォド号沈没後は、イシュメルはクイークェグのために作られた棺桶の救命浮標によって救われる。

棺桶はクイークェグが死に瀕した際、彼自身の要望によって作られたもので、病から回復し、棺桶が不要となると、水漏れを防ぎ、救命浮標になった。棺桶にはクイークェグの身体に施された入れ墨が写しとられている。入れ墨は「あらゆるグロテスクな模様や図形」で、「故人となった予言者や占い師」の作品であり、恐らくは「天と地の完全な理論」(480) であった。「棺桶の救命浮標だって!」とエイハブは叫び、「何らかの精神的意味において、棺桶は結局のところ不滅性の保存者ということなのか!」(528) と続ける。先住民が環境と共に生きる知恵、あるいは自然災害に生き残る知恵が、原始的とも思える入れ墨とそれが写しとられた棺桶には込められており、イシュメルはそのおかげで生き残ることができたのである。

クイークェグはまた溺れそうな田舎者を救い、「世界中あらゆるところ相互共同資本だ。我々食人種はこれらキリスト教徒を助けなければならない」（62）という。

さらに鯨の頭部の脳油を汲み出していたタシュテゴが鯨の頭部もろとも海に落ちたとき、クイークェグは勇敢にも海に潜り、タッシュテゴを救出する。足からではなく頭から救出するやり方は「産婆術」（344）、タシュテゴの救出は「出産」（344）とされる。ここにおいて、鯨の頭部は人間の子宮に喩えられているのであり、鯨と人間の境界は曖昧になっている。クイークェグはここにおいても、自然災害から生き残り、自然と共に生きる知恵を備えていることを証明している。また、みずからの危険も顧みず、他人を助ける。

クイークェグはココヴォコ出身である。そこは「はるか遠い南西の島」であり「どんな地図にもない、地図上にはない真実の場所」（55）とされる。ココヴォコは想像上の島であり、「グローバリゼーションとモダニティのユートピア的オールターナティヴである」とジョフリー・サンボーン（Geoffrey Sanborn）は指摘する（"Whence" 244）。ココヴォコ島は、ひっそりとした、ロマンティックな瞑想の聖域で、「半ばしか知られていない生命のあらゆる恐怖」に取り囲まれた「タヒチ島」（274）であると言える。

しかし、サンボーンは最近の研究により、メルヴィルはクイークェグの原型をニュージーランドの先住民マオリの長、トゥパイ・クパ（Tupai Cupa）にとったことを明らかにしている。メルヴィルは『白鯨』執筆の際、一八三〇年に出版されたジョージ・リリー・クレイク（George Lillie Craik）作『ニュージーランド人』（*The New Zealanders*）を参考にしたと思われる。『白鯨』では、クイークェグは「南洋から着いたばかりで、沢山のニュージーランドの香を焚き込めたしゃれこうべを買い占めていた」、そしてしゃれこうべを売買するという「食人種的な商売」（19）に従事するのであると描かれる。

サンボーンも指摘するように、もしクイークェグがニュージーランドからやってきたのなら、あるいは実際の世界のどこかからやってきたのなら、グローバリゼーションとモダニティの網の目から彼を排除することはずっと難しいであろう（“Whence” 241）。ニュージーランド出身の先住民クイークェグは、イシュメルが溺れ死ぬのを助けるだけではなく、「限りなく貪欲な西洋世界」（380）の産業資本主義の「オオカミのような世界」（51）から彼を救うのであった。クイークェグは「慰めてくれる蛮人」（51）である。

今日、マオリの先祖伝来の海を基盤とする文化は経済的グローバリゼーションによって脅かされている。ニュージーランドのオタゴにあるアラモアナに多国籍企業がアルミニウム精錬所を建てたのである。ニュージーランドの詩人、イアン・ウェッドは、マオリの子孫の芸術家たちと協同し、マオリの精神を通して、この精錬所建設に反対し、「海への道」（“Pathway to the Sea,” 1975）や「ピーター・マクリーヴィーへの手紙――芭蕉流」（“Letter to Peter McLeavey: After Basho,” 2005）を発表した。ウェッドは、シラ・マックイーン（Cilla McQueen）、ホネ・トゥファーレ（Hone Tuwhare）らニュージーランドの作家たちや、芸術家ラルフ・ホテレ（Ralph Hotere）と共に、創作することにより、環境保護のための活動をした。ホテレとトゥファーレはマオリの子孫である。クイークェグの環境や人々とともに生きようとする精神がいまだニュージーランドには息づいているのである。

テレサ・シューリー（Teresa Shewry）は、彼らの「政治的、環境的、社会的そして個人的」参加は彼らが海を共有地として理解していることを示すものであると指摘する（247-48）。彼女によると、ヴァンダナ・シヴァ（Vandana Shiva）といった現代の学者は、海のような環境へのアクセスは、経済的グローバリゼーションや環境制御を私有化し、集中化する政治的統治によって、脅かされていることを強調する（248）。

「海への道」において、流去水を排水するために排水路を掘り、汚泥が水路に流れ込み、海への道となって海へ流れ込むのを防ぐために、人々と協同することを語り手は語る。この詩は「アラモアナは鳥、魚、ハマトビムシ、その他の生息者に残されるべきである」という「信念」に捧げられるものである。彼らは現在のところ「急速な解決と利益を切望する人間によって黙許される」限りにおいて「そこを所有する」のである。この信念は、海は世界の人々と人間ではない生命が共有する環境、すなわち、グローバルな共有地であるという考えに基づくものである。

「ピーター・マクリーヴィーへの手紙―芭蕉流」においてウェッドはニュージーランドの芸術家コリン・マッカホン（Colin McCahon）の「海岸散策」絵画シリーズに言及する。このシリーズは一九七三年にウェリントンにあるピーター・マクリーヴィー・ギャラリーで展示された。マッカホンがムリワイ海岸を散策する際に、ニュージーランドの詩人ジェイムズ・K・バクスター（James K. Baxter）を追悼して、その風景を描いたものである。バクスターの霊はケープ・レインガへ続くマオリの霊の道をムリワイにそって旅をする。マッカホンもバクスターもマオリとキリスト教の要素を融合することに興味があった。マッカホンは、「キリスト教徒の散策とマオリの散策には多くの共通点がある」(Simpson 180に引用)と述べる。メルヴィルの描いたイシュメルとクイークェグの友情が、ここでのマオリとキリスト教徒の融合を先取りしていると言えるのである。「ピーター・マクリーヴィーへの手紙――芭蕉流」に収められる「二二　ムリワイ」("22 Muriwai")において、砂地、空、そして波を見晴らし、ウェッドはマッカホンは「再び泣いている」かもしれないという。

なぜならば、この平地に美はもはやない、
彼の足跡がもはやないように、
ごつごつした大きな足指が
帰り道の黒い砂により差し迫って
押し付ける。だが、寄せてくる
同じ単純な波によって
同じようにかき消される。

シューリーはこの詩について、「ウェッドは不安定と未来の荒廃を、回復力と挑戦的な生存同様に、単に並置した。・・・それは開放性の合図、希望と来たるべき喪失が一緒になったもの」(259)とコメントしている。アルミニウム精錬所の建設によって海岸の美は失われ、それはちょうどマッカホンの足跡もウェッド自身の足跡も「寄せてくる同じ単純な波によって」かき消される様と同じである。人間は無情であり、海岸の美は失われるのに対し、潮の干満は永遠であることがここでも描かれるのである。これはロングフェローの「潮は満ち、潮は引く」や『白鯨』の結末の文章に見られるモチーフと同じであり、人間中心主義を脱するものである。

結　論

産業資本主義の発達は海の描写をロマンティックなものからグローバルな共有地の描写へと変えた。ロングフェロー、メルヴィル、そしてウェッドはそれぞれに海に魅せられた。ロングフェローとメルヴィルは一九世紀初頭において瞑想の領域としての海にロマンティックな憧れを抱いた。海は荒野ではあるが、グローバルな経済からはなれた究極的な聖域であった。だが、メルヴィルは、海は現実の環境であり、搾取的な捕鯨業によって危険にさらされていることを認識しはじめていた。

ロングフェロー、メルヴィル、ウェッドの作品に共通に見られる、文明に汚毒されない先住民の知恵は、人々や地球を救う。クイークェグの原型をニュージーランドの先住民マオリに求めるなら、彼のマオリ精神はいまだニュージーランドに生き続けていると言えよう。イアン・ウェッドはマオリ精神を通して多国籍企業による沿岸海洋環境の破壊に対して抗議したからである。

海の波あるいは潮の干満は永遠のものであり、宇宙の秩序に関係する気象学的力によって引き起こされるものである。グレン・ラヴはそうした力は「自然の限りないダイナミズム」(52)によると指摘する。ここで論じた三人の作家は、それぞれに異なる海を表象した。しかし、三人とも一様に、人間の能力を超えた、そして人間中心主義を脱却したこのような自然（宇宙）の力を認識していたのである。

あとがき

本書はエコクリティシズム研究学会、エコクリティシズム研究のフロンティア第六巻として執筆したものである。学会からは出版助成金をいただいた。感謝する次第である。

大阪大学提出博士論文をもとに、二〇一二年に『空間と時間のなかのメルヴィル——ポストコロニアルな視座から解明する彼の地球（惑星）のヴィジョン』（晃洋書房）を出版した。それからわずか四年ほどで、次の単著が出版できるとは思ってもみなかった。学会後援のシリーズのおかげである。

すでにメルヴィル研究で、まとまった研究を上梓したので、本書はそれ以外の作家の作品を多く取り扱うこととなった。だいぶ以前に書いたものもあれば、最近の論考もある。大幅に修正したものもある。英文で発表されたものも数点あるが、以下、日本語での初出を掲げる。題は原題である。

第1章　「アメリカの環境主義と環境的想像力」『愛媛大学法文学部論集、総合政策学科編』第二一号、二〇〇六年。
第2章　「ミルトンと資本主義の勃興――近代化の黎明」『愛媛経済論集』、第二四巻　第三号、二〇〇五年。と「『雑草と野草、一本か二本のバラと共に』における自然と楽園回復」、『愛媛大学法文学部論集』総合学科編第二七号、二〇〇九年の二つの論考を再編成した。
第3章　「多民族国家アメリカのグローバリゼーション――文学からのアプローチ」、『等身大のグローバリゼーション』明石書店、二〇〇八年。
第4章　「ホイットマンとマナハッタというユートピア」、『エコトピアと環境正義の文学』晃洋書房、二〇〇八年。
第5章　「メルヴィルの「乙女たちの地獄」に見る女性工場労働者の環境」、『エコクリティシズム・レヴュー』第七号、二〇一四年。
第6章　デイヴィスの「製鉄工場の生活」に見る移民工場労働者の環境（『愛媛大学法文学部論集、総合政策学科編』二〇一五年。
第7章　「ハーマン・メルヴィルの「ピアザ」に見るアメリカの風景――グレイロック山と女性」『中・四国アメリカ研究』第七号、二〇一五年。
第8章　「ケープコッド文学に見るソローのフィンチへの影響――『ケープコッド』と『大切な場所』を中心として」『国際比較研究』第一一号、二〇一五年。
第9章　「ロマンティックな海からグローバルな共有地としての海へ――ロングフェロー、メルヴィル、イアン・ウェッド」『国際比較研究』第一二号、二〇一六年。

なお、第5章、第8章、第9章については国際学会で口頭発表した。

本書執筆においては、国内研究員として高知大学にて二〇一五年四月より一〇か月間研究生活に専念できたことが大きな幸せであった。受け入れ教員である高知大学上岡克己教授に感謝する。また、エコクリティシズム研究学会の会員の皆様、とりわけ代表の伊藤詔子先生に感謝する次第である。

表紙の写真は著者撮影による、ケープコッドのプロヴィンスタウンにあるピルグリム記念碑と第一次世界大戦記念碑である。

出版に際しては、英宝社の宇治正夫氏及び下村幸一氏にお世話になった。英宝社は母校大阪大学と長年関係が深く、学生の頃より英宝社より出版したいと願っていた。願いが叶い、本望である。

二〇一六年四月

藤江啓子

引用文献

Abbey, Edward. *Desert Solitaire* . New York: Ballantine, 1968.

———. "The Plowboy Interview: Slowing the Industrialization of Planet Earth." *Mother Earth News,* May/June, 1984.

Abrams, Robert E. *Landscape and Ideology in American Renaissance Literature: Topographies of Skepticism.* Cambridge: Cambridge UP, 2004.

Andrews, Malcolm. "Walt Whitman and the American City," *The American City: Cultural and Literary Perspectives.* Ed. Graham Clarke. New York: St. Martin's, 1988.

Auden W. H. *The Enchafèd Flood; or the Romantic Iconography of the Sea*. Boston: Faber and Faber, 1951.

Axelrod, Steven Gould, Camille Roman, and Thomas Travisano. Ed. *The New Anthology of American Poetry; Traditions and Revolutions, Beginnings to 1900*. Vol.1. New Jersey: Rutgers UP, 2003.

Balaam, Peter. " 'Piazza to the North': Melville Reading Sedgwick." *Melville and Women*. Ed. Elizabeth Schultz and Haskell Springer Kent, Ohio: Kent State UP, 2006. 60-81.

Brasher, Thomas L. *Whitman as Editor of the Brooklyn Daily Eagle*. Detroit: Wayne State UP, 1970.

Bridgman, Richard. *Dark Thoreau*. Lincoln: U of Nebraska P, 1982.

Brooks, Van Wyck. *The Flowering of New England, 1815-1865*. Boston: Houghton, 1981.

Browne, Ray B. *Melville's Drive to Humanism*. Lafayette: Purdue U Studies, 1971.

Buell, Lawrence. "Ecoglobalist Affects: The Emergence of U.S. Environmental Imagination on a Planetary Scale." *Shades of the Planet: American Literature as World Literature*. Ed. Wai Chee Dimock and Lawrence Buell. Princeton: Princeton UP, 2007. 227-48.

———.*The Environmental Imagination*. Cambridge: Belknap P of Harvard UP, 1995.

———. *The Future of Environmental Criticism: Environmental Crisis and Literary Imagination*. Oxford: Blackwell, 2005.

———. *Writing for the Endangered World*. Cambridge: Belknap P of Harvard UP, 2001.

Burke, Edmund. "On Conciliation with America, 1775." *The World's Famous Orations*. Ed. William Jennings Bryan. New York: Bartleby. com. Web. 10 June 2015.

Burrows, Edwin G. & Mike Wallace. *Gotham: A History of New York City to 1898*. New York: Oxford UP, 1999.

Byer, Robert. "Words, Monuments, Beholders: The Visual Arts in Hawthorne's *The Marble Faun*." Ed. David C. Miller. *American Iconology*. New Haven: Yale UP, 1993. 163-85.

Carson, Rachel. *The Sea Around Us*. New York: Oxford UP, 2003.

———. *Silent Spring*. New York: Houghton, 2002.

Castronovo, Russ. *Fathering the Nation: American Genealogies of Slavery and Freedom*. Berkeley: U of California P, 1995.

Crèvecœur, J. Hector St. John de. *Letters from an American Farmer*. New York: Oxford UP, 1988.

Davis, Rebecca Harding. "Life in the Iron Mills." *Life in the Iron Mills and Other Stories*. Edited and with a Biographical Interpretation by Tillie Olsen. New York: Feminist, 1972. 9-65.

Devall, Bill. "Deep Ecology and Radical Environmentalism." Ed. Riley E. Dunlap and Angela G. Mertig. *American Environmentalism: The U.S. Environmental Movement, 1970-1990*. New York: Taylor, 1992.

Dillingham, William B. *Melville's Short Fiction, 1853-1856*. Athens: U of Georgia P, 1977.

Dimock, Wai Chee. "Class, Gender, and a History of Metonymy." Ed. Wai Chee Dimock and Michael Gilmore. *Rethinking Class: Literary Studies and Social Formations*. New York: Columbia UP, 1994. 57-104.

Douglass, Frederick. *Narrative of the Life of Frederick Douglass: An American Slave*. New York: New American Library, 1968.

Eby, E.H. "Melville's 'Tartarus of Maids.'" *Modern Language Quarterly* 1 (1940):95-100.

Eisler, Benita. Introduction. *The Lowell Offering. Writings of New England Mill Women*. Philadelphia: J.B. Lippincott, 1977. 13-41.

Emerson, Ralph Waldo. *Nature. The Selected Writings of Ralph Waldo Emerson*. New York: Modern Library, 1992. 3-39.

———. "The Transcendentalist." *The Selected Writings of Ralph Waldo Emerson*. New York: Modern Library, 1992. 81-95.

Erkkila, Betsy. *Whitman: The Political Poet*. New York: Oxford UP, 1989.

Finch, Robert. *Common Ground:A Naturalist's Cape Cod*. New York: Norton,1994.

———. "Into the Maze," "Scratching." *Words From the Land: Encounters with Natural History Writing*. Ed. Stephen Trimble. Reno, Las Vegas: U of Nevada P, 1995. 176-82, 184-96.

———. Introduction. *Cape Cod*. By Henry David Thoreau. Hyannis: Parnassus, 1984. vii-xv.

———. Introduction. *The Norton Book of Nature Writing*. Ed. Robert Finch and John Elder. New York: Norton, 19-28.

———. Introduction. *A Place Apart: A Cape Cod Reader*. Ed. Robert Finch. Woodstock, VT: Countryman, 1993. xvii-xxiii.

———. "The Once and Future Cape." *Finding Home: Writing on Nature and Culture from Orion Magazine*. Ed. Peter Sauer. Boston: Beacon, 1992. 21-30.

———. *The Primal Place*. Woodstock, VT: Countryman , 1983.

Fisher, Marvin. *Going Under: Melville's Short Fiction and the American 1850s*. Baton Rouge: Louisiana State UP, 1977.

Fisher, Philip. *Still the New World: American Literature in a Culture of Creative Destruction*. Cambridge: Harvard UP, 1999.

Flibbert, Joseph. "Poetry in the Mainstream." *America and the Sea; A Literary History*. Ed. Haskell Springer. Georgia: U of Georgia P, 1995. 109-26.

Flower, Dean. "Vengence on a Dumb Brute, Ahab?: An Environmentalist Reading of *Moby-Dick*." *The Hudson Review*. Criticism from the Spring 2013 issue. Web. 10 June 2015.

Goldner, Loren. *Herman Melville: Between Charlemagne and the Antemosaic Cosmic Man: Race, Class and the Crisis of Bourgeois Ideology in an American Renaissance Writer*. New York: Queequeg, 2006.

Hardin, Garrett. "The Tragedy of the Commons." *Science*, 162 (December 1968): 1243-48. Web. 10 June 2015.

Handlin, Oscar. *The Uprooted: The Epic Story of the Great Migrations That Made the American People*. Philadelphia: U of Pennsylvania P, 1951.

Harris, Sharon M. *Rebecca Harding Davis and American Realism*. Philadelphia: U of Pennsylvania P, 1991.

Hay, John. *The Run*. Rev. ed. New York: Doubleday, 1965.

Higham, John. *Send These to Me: Immigrants in Urban America*. Rev. ed. Baltimore: Johns Hopkins UP, 1984.

Hill, Christopher. *Milton and the English Revolution*. Harmondsworth: Penguin, 1997.

Hoare, Philip. *The Whale; In Search of the Giants of the Sea*. New York: Harper, 2008.

Holy Bible (*The*). Revised Standard Version. New York: New American Library, 1964.

Howard, Leon. *Herman Melville: A Biography*. Berkeley: U of California P, 1951.

James, C.L.R. *Mariners, Renegades& Castaways: The Story of Herman Melville and the World We Live In*. Hanover: UP of New England, 1953.

Johnson, Claudia Durst. *Labor and Workplace Issues in Literature*. Connecticut: Greenwood, 2006.

Kaplan, Justin. *Walt Whitman: A life*. New York: Perennial, 2003.

Kennedy, Randy. "The Ahab Parallax: '*Moby-Dick*' and the Spill." *New York Times. com*. June 13, 2010. Web. 10 June 2015.

Killingsworth, M. Jimmy. *Walt Whitman & the Earth: A Study in Ecopoetics*. Iowa City: U of Iowa P, 2004.

Lang, Amy Schrager. "Class and the Strategies of Sympathy." Ed. Shirley Samuels. *The Culture of Sentiment: Race, Gender, and Sentimentality in 19th Century America*. New York: Oxford UP, 1992. 128-42.

Lawrence, D.H. *Studies in Classic American Literature*. Harmondsworth: Penguin, 1978.

Lazarus, Emma. "The New Colossus." *The New Anthology of American Poetry: Traditions and Revolutions, Beginnings to 1900*. Vol.1. Ed. Steven Gould Axelrod, Camille Roman, and Thomas Travisano. New Jersey: Rutgers UP, 2003.

Leopold, Aldo. *A Sand County Almanac*. New York: Oxford UP, 1989.

Longfellow, Henry Wadsworth. "Milton." *The New Anthology of American Poetry: Traditions and Revolutions, Beginnings to 1900*. Vol.1. New Jersey: Rutgers UP, 2003. Ed. Axelrod, Steven Gould, Camille Roman, and Thomas Travisano. 257.

———. "The Secret of the Sea." *The Seaside and the Fireside*. Rarebooksclub.com. 2012. 6.

———. "The Song of Haiawatha." *The New Anthology of American Poetry: Traditions and Revolutions, Beginnings to 1900*. Vol.1. New Jersey: Rutgers UP, 2003. Ed. Axelrod, Steven Gould, Camille Roman, and Thomas Travisano. 241-52.

———. "The Tide Rises, the Tide Falls." *Ibid*. 258.

———. "The Wreck of the Hesperus." *Ibid*. 228-30.

Love, Glen A. *Practical Ecocriticism: Literature, Biology, and the Environment*. Charlottesville: U of Virginia P, 2003.

Lowney, John. "Thoreau's Cape Cod: The Unsettling Art of the Wrecker." *American Literature* 64.2 (1992):239-54.

Lueders, Edward, ed. *Writing Natural History: Dialogues with Authors. Salt Lake City:* U of Utah P, 1989.

Lyon, Thomas J., ed. *This Incomperable Lande: A Book of American Nature Writing*. Boston: Houghton, 1989.

Lyons, Paul. "Global Melville." *A Companion to Herman Melville*. Ed. Wyn Kelley. Malden, MA: Blackwell, 2006. 52-67.

Machor, James L. *Pastoral Cities: Urban Ideals and the Symbolic Landscape of America*. Madison: U of Wisconsin P, 1987.

Marx, Leo. *The Machine in the Garden: Technology and the Pastoral Ideal in America*. New York: Oxford UP, 1964.

McGaw, Judith A. *Most Wonderful Machine: Mechanization and Social Changes in Berkshire Paper Making, 1801-1885*. Princeton: Princeton UP, 1987.

Melville, Herman. *Clarel: A Poem and Pilgrimage in the Holy Land*. Ed. Harrison Hayford, Alma A. MacDougall, Hershel Parker, G. Thomas Tanselle. Evanston and Chicago: Northwestern UP and The Newberry Library, 1991.

———. *Moby-Dick, or the Whale*. Ed. Harrison Hayford, Hershel Parker, G. Thomas Tanselle. Evanston and Chicago: Northwestern UP and The Newberry Library, 1988.

———. "The Paradise of Bachelors and the Tartarus of Maids." *The Piazza Tales and Other Prose Pieces, 1839-1860*. Ed. Harrison Hayford, Alma A. MacDougall, G. Thomas Tanselle and Others. Evanston and Chicago: Northwestern UP and The Newberry Library, 1980. 316-35.

———. "The Piazza." *The Piazza Tales and Other Prose Pieces, 1839-1860*. Ed. Harrison Hayford, Alma A. MacDougall, G. Thomas Tanselle and Others. Evanston and Chicago: Northwestern UP and The Newberry Library, 1987. 1-12.

———. *Pierre; or The Ambiguities*. Ed. Harrison Hayford, Hershel Parker, G. Thomas Tanselle. Evanston and Chicago: Northwestern UP and The Newberry Library, 1971.

———. "Rip Van Winkle's Lilac." *Poems. The Works of Herman Melville. Standard Edition.* Vol. XVI. New York: Russell & Russell, 1963. 322-33.

Merchant, Carolyn. *Reinventing Eden: The Fate of Nature in Western Culture*. New York: Routledge, 2003.

Miller, David C. *Dark Eden: The Swamp in Nineteenth-Century American Culture*. New York: Cambridge UP. 1989.

Milton, John. *Complete Poems and Major Prose*. Ed. Merritt Y. Hughes. Indianapolis: Odyssey, 1957.

Muir, John. *My First Summer in the Sierra. Nature Writings*. New York: Literary Classics of the United States, 1997. 147-309.

Nash Roderick F. *The Rights of Nature: A History of Environmental Ethics*. Madison: U of Wisconsin P, 1989.

Olsen, Tillie. "A Biographical Interpretation by Tillie Olsen." *Life in the Iron Mills and Other Stories*. Edited and with a Biographical Interpretation by Tillie Olsen. New York: Feminist, 1972. 67-174.

Otter, Samuel. *Melville's Anatomies*. Berkeley: U of California P, 1999.

Outka, Paul. *Race and Nature: From Transcendentalism to the Harlem Renaissance*. New York: Palgrave Macmillan, 2008.

Paul, Sherman. *The Shores of America: Thoreau's Inward Exploration*. Urbana: U of Illinois P, 1958.

Pfaelzer, Jean. *Parlor Radical: Rebecca Harding Davis and the Origins of American Social Realism*. Pittsburg: U of Pittsburg P, 1996.

Phillips, Dana. *The Truth of Ecology: Nature, Culture, and Literature in America*. New York: Oxford UP, 2003.

Poenicke, Klaus. "A View from the Piazza: Herman Melville and the Legacy of the European Sublime." *Comparative Literature Studies* 4 (1967): 267-81.

Said, Edward W. "Introduction to *Moby-Dick*." *Reflections on Exile and Other Essays*. Cambridge: Harvard UP, 2000. 356-71.

Sanborn, Geoffrey. *The Sign of the Cannibal: Melville and the Making of a Postcolonial Reader.* Durham: Duke UP, 1998.

———. “Whence Come You, Queequeg?” *American Literature* 77. 2 (June 2005): 227-57.

Schultz, Elizabeth. “Melville’s Environmental Vision in *Moby-Dick*.” *Interdisciplinary Studies in Literature and Environment* 7.1 (2000): 97-113.

Shewry, Teresa. “Pathways to the Sea; Involvement and the Commons in Works by Ralph Hotere, Cilla McQueen, Hone Tuwhare, and Ian Wedde.” *Environmental Criticism for the Twenty-First Century*. Edited and introduced by Stephanie LeMenager, Teresa Shewry, and Ken Hiltner. New York: Routledge, 2011. 247-60.

Simpson, Peter. “Candles in a Dark Room: James K. Baxter and Colin McCahon.” *Journals of New Zealand Literature* 13 (1995): 157-88.

Smith-Rosenberg, Carroll. *Disorderly Conduct: Visions of Gender in Victorian America*. Oxford: Oxford UP, 1985.

Spenser, Edmund. *The Faerie Queene. Edmund Spenser’s Poetry*. Selected and edited by Hugh Maclean. New York: Norton, 1993.

Springer, Haskell, and Douglas Robillard. “Herman Melville.” *America and the Sea; A Literary History*. Ed. Haskell Springer. Georgia: U of Georgia P, 1995. 127-45.

Stein, William Bysshe. “Melville’s Comedy of Faith.” *ELH*. Vol. 27, No. 4 (December 1960): Baltimore: Johns Hopkins UP. 315-33.

Stoll, Mark. *Protestantism, Capitalism, and Nature in America*. Albuquerque: U of New Mexico P, 1997.

Talley, Sharon. “Following Thoreau’s Tracks in the Sand: Tactile Impressions in ‘Cape Cod.’” *American Imago*. 62.1(2005):7-34.

Tawney, R.H. *Religion and the Rise of Capitalism*. Gloucester, Mass:Peter Smith, 1962.

Thomas, Wynn M. *The Lunar Light of Whitman’s Poetry*. Cambridge: Harvard UP, 1987.

Thoreau, Henry David. *Cape Cod*. *Cape Cod and Miscellanies. The Writings of Henry David Thoreau*, IV. Boston: Houghton, 1968. 3-273.

———. “Civil Disobedience.” *Cape Cod and Miscellanies. The Writings of Henry David Thoreau*, IV. Boston:

Houghton, 1968. 356-87.

———. *Walden. The Writings of Henry David Thoreau*, II. Boston: Houghton,1968.

Tichi, Cecelia. "Introduction: Cultural and Historical Background." *Life in the Iron Mills*. By Rebecca Harding Davis. Ed. Cecelia Tichi. Boston: Bedford/St. Martin's, 1998. 3-25.

———. "Social Reform and the Promise of the Dawn." *Life in the Iron Mills*. By Rebecca Harding David. Ed. Cecelia Tichi. Boston: Bedford/St. Martin's, 1998. 203-08.

Trimble, Stephen, ed. *Words From the Land: Encounters with Natural History Writing*. Salt Lake City: Peregrine Smith, 1984.

Weber. Max. *The Protestant Ethic and the Spirit of Capitalism*. Trans. Tacott Parsons. New York: Routledge, 1992.

Wedde, Ian. "Pathway to the Sea." New Zealand Electronic Poetry Center. First published by Alan Loney at Hawk Press(Taylor's Mistake, Christchurch, 1975) in a handset limited edition with cover art by Ralph Hotere. Web. 30 May 2015.

———. "Letter to Peter McLeavey: After Basho." *Three Regrets and a Hymn to Beauty*. Auckland: Auckland UP, 2005. 40-67.

White, Lynn, "The Historical Roots of our Ecologic Crisis." *Science* 10 March 1967, Vol. 155, No. 3767. 1203-07.

Whitman, Walt. *Democratic Vistas*. *Complete Prose Works*. Kessinger, 2004.

———. *Leaves of Grass*. *The Complete Poems*. Ed. Francis Murphy. New York: Penguin, 1986.

———. *Specimen Days*. *Complete Prose Works*. Kessinger, 2004.

Wideman, John Edgar. *Hiding Place*. New York: Houghton, 1981.

Williams, Terry Tempest. *Refuge: An Unnatural History of Family and Place*. New York: Vintage, 2001.

Wolf, Linnie Marsh, ed. *John of the Mountains: The Unpublished Journals of John Muir*. Madison: U of Wisconsin P, 1979.

Wordsworth, William. *The Prelude, or Growth of a Poet's Mind* (Text of 1805). New York: Oxford UP, 1995.

World Conservation Strategy. International Union for Conservation of Nature and Natural Resources(IUCN), with the advice, cooperation and financial assistance of the United Nations Environment Programme (UNEP) and the World Wildlife Fund (WWF). 1980. Web. 30 May 2015.

亀井俊介『ニューヨーク』岩波書店、二〇〇二年。

フーコー、ミシェル『監獄の誕生——監視と処罰』田村俶訳、新潮社、一九七七年。

フィンチ、ロバート『大切な場所』村上清敏訳、松柏社、一九九八年。

135,180-200
「(独身男たちの楽園と）乙女たちの地獄」(“The Paradise of Bachelors and the Tartarus of Maids”)　113-30
「ピアザ」(“The Piazza”)　v, 131-50
『ピエール』(*Pierre*)　136, 138
「リップ・ヴァン・ウインクルのライラック」(“Rip Van Winkle’s Lilac”)　124-25
ラザルス、エマ (Lazarus, Emma)　iv, 59-62
「新しい巨像」(“The New Colossus”)　59-62
レオポルド、アルド (Leopold, Aldo)　14-16
『砂の国の歳時記』(*A Sand County Almanac*)　14-16
「山の身になって考える」(“Thinking Like a Mountain”)　15
『ローウェル・オファリング』(*The Lowell Offering*)　107, 115
ローカル（ローカリズム）　v, 75, 86
ロレンス、D.H. (Lawrence)　57-58
ロングフェロー、ヘンリー・ワズワス (Longfellow, Henry Wadsworth)　179-200
「海の秘密」(“The Secret of the Sea”)　181
「潮は満ち、潮は引く」(“The Tide Rises, the Tide Falls”)　184, 200
「ハイアワサの歌」(“The Song of Haiawatha”)　180
「ヘスペラス号の難破」(“The Wreck of the Hesperus”)　184
「ミルトン」(“Milton”)　180
ワーズワース、ウィリアム (Wordsworth, William)　6, 146-48
『序曲』(*The Prelude*)　146-48
ワイドマン、ジョン (Wideman, John)　22-23
『隠れ場所』(*Hiding Place*)　22

フィンチ、ロバート (Finch, Robert) v, 151-78
『大切な場所』(*The Primal Place*) 151-78
『ケープコッドの潮風』(*Common Ground*) 152, 170, 174, 176
ブルジョワ 34-36, 41, 44
ブルックリン 79-81
プロテスタンティズム 26, 29, 50
ホイーリング 94, 96-98
ホイットマン、ウォルト (Whitman, Walt) iv-v, 62-90
『草の葉』(*Leaves of Grass*)
「アダムの子供たち」(“Children of Adam”) 65
「アメリカスギの歌」(“Song of the Redwood Tree”) 71-73
「インドへの道」(“Passage to India”) 63, 67-69
「開拓者よ、おお開拓者よ」(“Pioneers! Oh, Pioneers!”) 63, 66-67
「自分自身を私は歌う」(“One’s Self I Sing”) 63-64
「ブルックリンの渡しを渡る」(“Crossing Brooklyn Ferry”) 76, 81-84
「ブロードウェーの華麗な行列」(“A Broadway Pageant”) 70-71
「マナハッタ」(“Manahatta”) 76, 87-90
「私自身の歌」(“Song of Myself”) 64-65, 85-87, 89
『ホイットマン自選日記』(*Specimen Days*) 82, 90
『民主主義の展望』(*Democratic Vistas*) 89
ホワイト、リン (White, Lynn) 49
マークス、レオ (Marx, Leo) 84, 123
マーチャント、キャロリン (Merchant, Carolyn) iv, 27, 47-51, 57
マオリ 196-200
ミューア、ジョン (Muir, John) 11-12
『はじめてのシエラの夏』(*My First Summer in the Sierra*) 12
ミルトン、ジョン (Milton, John) iii, iv, 26-47, 180
『アレオパジティカ』(*Areopagitica*) 32, 34
『コウマス』(*Comus*) 36
『失楽園』(*Paradise Lost*) 36-44, 46-47
『闘士サムソン』(*Samson Agonistes*) 44-45
『リシダス』(*Lycidas*) 33
明白な神意(マニフェスト・デスティニー) 4, 66, 68
メルヴィル、ハーマン (Melville, Herman) v, 91, 113-30, 131-50, 179-200
『クラレル』(*Clarel*) 187
『白鯨』(*Moby-Dick*) 127-28,

グレイロック（山） 131, 134, 136, 138-39
グローバリズム（グローバル） iv-v, 74, 86, 192-93
グローバリゼーション iv, 52-74, 179
グローバルな共有地 v, 179, 188-89
ケープコッド v, 151-78
周縁（周辺） iv-v, 141, 144, 179
女性（工場）労働者 104-111, 113-30
シンクレア、アプトン (Sinclair, Upton) 104
『ジャングル』(*The Jungle*) 104
スペンサー、エドマンド (Spenser, Edmund) 141-42
『妖精の女王』(*The Faerie Queene*) 142
スミス、ヘンリー・ナッシュ (Smith, Henry Nash) 56-57
『ヴァージンランド』(*Virgin Land*) 56
ソロー、ヘンリー・デイヴィッド (Thoreau, Henry David) v, 4-10, 151-78
『ウォールデン』(*Walden*) 6, 8-9, 139, 156, 158, 177, 194
「経済」(“Economy”) 6, 177
「より高い法則」(“Higher Laws”) 9, 16
『ケープコッド』(*Cape Cod*) 151-78
「市民の反抗」(“Civil Disobedience”) 8
タヒチ（島） 141, 183,187
中心 v
超越主義 5, 95-96, 100, 148, 169-70, 172-73
デイヴィス、レッベッカ・ハーディング (Davis, Rebecca Harding) v, 91-112
「製鉄工場の生活」(“Life in the Iron Mills”) 91-112
ディモック、ワイ・チー (Dimock, Wai Chee) 105, 129
トーニー、R.H. (Tawney) 27-30, 46
『宗教と資本主義の勃興』(*Religion and the Rise of Capitalism*) 27, 46
ニュージーランド iii-v, 196-200
ニューヨーク 77-90
ハーディン、ギャレット (Hardin, Garrett) 188
「共有地の悲劇」(“The Tragedy of the Commons”) 188-89
ピューリタニズム 26-51
ピューリタン革命 26-27
ビュエル、ローレンス (Buell, Lawrence) 3, 16, 19, 75, 91, 189, 192, 194
ピルグリム・ファーザーズ 164-68
貧困 35, 92
ピンショー、ギフォード (Pinchot, Gifford) 12

索　引

《著者紹介》

藤江　啓子（ふじえ　けいこ）

愛媛大学法文学部教授
大阪大学卒、大阪大学文学修士、ワイオミング大学英文学修士（M.A.）、大阪大学文学博士、ハーバード大学客員研究員、高知大学国内研究員。

主要業績
単著：『空間と時間のなかのメルヴィル――ポストコロニアルな視座から解明する彼の地球（惑星）のヴィジョン』（晃洋書房、2012年）。訳書：アンネシュ・ブライリィ他編『アメリカの文化――アンソロジー』（大阪教育図書、2012年）。共著：「旧秩序への依存とそこからの離脱――ポストコロニアリズムと『ビリー・バッド』」（森岡裕一他編『「依存」する英米文学』英宝社、2008年）、「The Wall of Modernization: "Bartleby, the Scrivener: A Story of Wall-Street"」（牧野有通編『Melville and the Wall of the Modern Age』南雲堂、2010年）、その他。

エコクリティシズム研究のフロンティア　6

資本主義から環境主義へ――アメリカ文学を中心として

2016年8月1日　印　刷　　　2016年8月15日　発　行

著　　者© 藤江　啓子

発行者　佐々木　元

発行所　株式会社　英　宝　社
〒101-0032 東京都千代田区岩本町 2-7-7
第一井口ビル
TEL 03 (5833) 5870-1 FAX 03 (5833) 5872

ISBN 978-4-269-75034-0 C3098 ［製版：伊谷企画／印刷・製本：モリモト印刷株式会社］